「っあ、……
ダメ……っ」
「足りない
「っあ！」」
突き上げ
突起をそ
れて、
増幅され
いた。
「っぁあ
……あっ」

純な極道で何が悪い!

～この溺愛はウソ?ホント?～

花菱ななみ

Vanilla文庫Miel

目次

純な極道で何が悪い！
この溺愛はウソ？ホント？

イラスト／御子柴リョウ

〔一〕

義父の態度が、何だか不審だった。

そんなふうに、伊勢崎芽依《いせざきめい》は薄々感じ取っている。

『たまには食事でもしよう』と昨夜いきなり切り出され、今日の仕事帰りに新宿で待ち合わせた。どのレストランに行くのかと聞いても答えはなく、どこか不機嫌な態度で歌舞伎町を突っ切り、到着したのが繁華街の裏手の路地にあるこの古い雑居ビルだ。

そこで出迎えたガラの悪い男たちに、義父はやたらとぺこぺこしながら芽依を紹介したのだった。それから芽依だけこの部屋に通されたのだが、そのまま音沙汰がない。

長机とパイプ椅子と、窓際にホワイトボードだけがある、殺風景な一室。

窓からは、歌舞伎町のネオンに色取られた、ごてごてとした路地が見下ろせる。

先ほど、窓から義父が路地を歩いていくのが見えた。もしかして、自分だけこのビルに残されたのだろうか。

――どういうこと？

芽依は窓際に立ちつくし、ぎゅっと腕を組んだ。

身につけているのは、仕事着にしているスーツだ。今日は食事に行くと言われていたので、いつもよりも少しだけおしゃれなものを選んだ。

黒の上着にタイトスカート。さほど高くないヒールの靴。長い髪は首の後ろでひっつめている。

メイクはあまり上手ではないので、最小限だ。ファンデーションを塗って、眉を描き、淡い色の口紅だけ。特に目立つことのない、凡庸な顔だちだと自分では思っている。

——いつまでこのままなの？

待っていても、義父は戻ってこない。スマートフォンでメッセージは送れるが、都合が悪いときには返信をしなくなる義父なので、今日のケースもそうに違いないとすでに諦《あきら》めている。

芽依は焦《じ》れて、部屋にあったパイプ椅子に腰を落とした。かつては足を組むのは身体の左右バランスが崩れるから、と自らに禁じていたが、競技としてのスポーツをやめた今は、自らに課す枷《かせ》はない。足をどんなふうに組もうが、酒を飲もうが、自分の思うままにできるのが心地よいけど、少し寂《さび》しい。

芽依の実の父は、小学生のころに交通事故で他界していた。母は芽依が中学生のときに、事業を営んでいた義父と再婚した。

　だが、その義父の事業がどんなものなのか、何度聞いてもよくわからない。健康食品を売ったり、ちまたで流行した石けんや美容用品など扱《あつか》う、どこかうさんくさい仕事だと察していた。

　このところ、その事業がうまくいっていないらしい。

　家に、やたらと借金の督促のような電話がかかってくるようになっていた。借金取りのようなガラの悪い連中が、芽依と義父が暮らす一軒家の前で待ち構えていたことも、一度や二度ではない。

　その義父と再婚した母は病弱で、長いこと入院していた。だから、今のこの状況に余計な心労をかけずにいられたことが幸いではあった。だが、母がどこまでこの義父の事業の実態を理解しているのかは定かではない。母が再婚したのは、芽依に金銭的な負担をかけないようにという気持ちがあったような気がする。

　――確かに、学生時代は金銭的に困らなかったけど。

　それでも、義父に頼りたくなくて、芽依はひたすら奨学金などを探して、それを受け取れるように努力した。中学、高校は、剣道の特待生として授業料を免除してもらうことができ、競技大会の遠征費などもそれでまかなった。

　大学に進学してからは剣道はやめたのだが、母と相談して、実父の遺産から自分が相続する分を学費にあてることにもしていた。

だから、義父には生活費以外は頼っていないつもりだったが、義父の事業が傾き、かつてないほどの危機を芽依は感じ取っている。このままでは、倒産するのではないだろうか。

——だけど、知ったことじゃないわ。

芽依が冷ややかなのには、理由がある。

母の入院が長引くにつれて、義父はその満たされない欲望を芽依に向けてきたからだ。何度か、本気で口説かれそうになって、必死で拒絶した。今では、家の各部屋の壁に竹刀が立てかけてある。何かあったら、それで容赦なく義父をぶっ叩くつもりだ。

芽依のそこまでの拒絶を感じ取っているのか、今のところは本格的な危機は訪れていない。

だけど、二人の間には緊張が漂っていた。

食事や家事はずっと芽依が担っていたものの、義父は家を空《あ》けることも多く、同じ家に住んでいる他人のような感覚がずっと抜けない。

今日は珍しく外食に誘われたが、テーブルで会話が弾まないのはわかりきっていた。それでも応じたのは、何か大事な話をされる気がしていたからだ。

——うちの会社は倒産するとか、そういうの。

大きく生活が変わる予感もしていた。

母の具合も良くないし、このままでは離婚することになるかもしれない。

だが、こんなところに連れてこられて一人で残されたからには、そんな話ではないようだ。今の状況に、危機を感じ取る。こういう勘は当たるほうだ。

肌がビリビリしてくる。

一刻も早く、ここから立ち去ったほうがいい。

――そうね。もう帰ろうか。

三十分は待った。これ以上は待たない。

芽依はそう判断して、パイプ椅子から立ち上がった。空腹すぎたから、早く何か食べたい。ここから駅に至るまでのファーストフード店で、どこに寄ろうかと考え始める。

そんなふうに決意したからには、ぐずぐずしていたくない。

だが、ふと気になって、芽依は斜めにされて窓際に置かれていた足つきのホワイトボードの後ろに回りこんだ。その裏側にポスターのようなものが貼られて、ひらひらしていたのが気になった。

見た途端、びっくりして息を呑《の》んだ。

肌も露《あら》わな女性が、性交渉をしているそのものずばりのアダルト映像のポスター広告だったからだ。しかも、一枚ではなく二枚貼られている。

このようなポスターが社内に貼られているなんて、何の会社なのだろうか。しかも、その一室に、自分が通されたという意味は。

ぞくり、と肌が粟立《あわだ》った。

――やっぱり、逃げたほうがいいよね。

首筋の毛まで逆立っている。

長居は無用とばかりにバッグをつかみ、ドアに向かおうとしたタイミングで、いきなり外から開かれた。

姿を見せたのは、先ほど芽依をここに案内したガラの悪い男二人だ。ガタイがよく、派手なシャツを身につけている。町で出会ったら、まず避ける類《たぐい》のチンピラっぽさを全身から漂わせていた。

「おや、お嬢さん、どちらに?」

猫撫《な》で声で尋ねられた。

二人は芽依を部屋から出すまいとするように、立ち塞がった。

だが、芽依は毅然《きぜん》と頭をもたげた。

「帰ります。ここに用はないので」

幼いころから剣道を続けてきたから、棒のようなものさえあれば、そこらの男には負けないという自信はある。

いずれは国を代表する競技者となり、世界で活躍するつもりだった。そのためのキツすぎる練習にもひたすら耐えた。だが、競技をやめて平凡なＯＬになったのは、高校生のときのケガが原因で、競技生活を続けられなくなったからだ。

何か棒のようなものを探して視線を泳がせると、男たちの一人がケッと鼻を鳴らした。

「そうはいかねえだろ。てめえはさ、ここにどうしてやってきたか、わかってる？」

――てめえ？

芽依の眉間《みけん》に、縦の皺《しわ》が寄った。

初対面の相手にかける言葉ではない。芽依は礼節に厳しく、他人に敬意を払わない人間が許せない性質《たち》だった。しかも、こちらを女と侮《あなど》って接してくるような男に、まともな人間はいない。

もはや相手をする必要はないと、芽依は即座に判断した。力ずくで阻止するというのなら、こちらも力ずくで突破するまでだ。

「わかりません。知る必要もあるとは思いません。そこをどいてください」

きっぱりと言い切り、男たちを見据《みす》えた。

出入り口は、彼らが背にしているドア一つだけだ。素手ではおそらくかなわない。芽依は背は高いものの、力で押していくタイプではない。

剣道をやってはいたが、日常生活でこの手の危険に遭遇したのは中学生のときの一度きりだ。しつこいナンパに往生したことはあっても、相手を暴力でねじ伏せようとするまでの人間には滅多《めった》にお目にかからない。

だが、棒のようなものを見つけるよりも先に、目の前の男が大声で怒鳴った。

「てめえは！　親に売られたんだよ！　わかってんのか、このアマぁあああ……！」

身体に響く一喝だった。あまりの迫力にすくみあがり、頭が真っ白になる。

だが、親に売られた、という言葉と、先ほど見たアダルト映像のポスターによって、芽依は自分がどのような状況に置かれているのか理解した。

――義父が、私を売ったってことね？　借金のカタかなんかで。

ここにくるまでの間、義父はろくに目を合わせようとしなかった。それはいつものことだったが、よっぽど決まりが悪かったんだろうと理解する。

男の大声に、まだ耳がキーンとしていた。身体がガチガチにすくんで、すぐにはまともにものが考えられない。

自分を守るために、自然と防衛本能が働いたらしい。

――だけど、怯《おび》えちゃダメ……！

芽依は自分に言い聞かせた。

相手に威圧されそうになったときの対処法は、競技生活で学んでいる。腹の底に力を入れて、ぐっと全身に力をこめた。この男たちは、大声で怒鳴りさえすれば、若い女性は何でも言いなりになると侮っているのかもしれないが、そうはさせない。

これはチンピラだと、芽依は腹の中で吐き捨てる。ろくでもない男たちは、法や道理など無視して、自分の欲求を押し通そうとしてくる。

だけど、同じような法を逸脱した存在でも、そうでない男を芽依は知っていた。

彼や、彼が所属する暴力団は、任侠というものを大切にしていた。

『仁義に外れたら、極道じゃねえ』

そんなふうに、彼が言ったのを覚えている。だから、彼らは極道ではない。ただのチンピラだ。

そう思ったら、少しずつ身体の震《ふる》えが治まってきた。

芽依はぐっと目に力をこめて、男たちに冷静に言い返した。

「義父と私は、別々の存在です。私は成人していますし、……万が一、売られたとしても、それに従う道理はありません」

言った途端、また身体がビリビリとするような大声で怒鳴られた。

「何だとぉ！」

もはや、最初ほどの衝撃はない。気力で負けないようにやり過ごし、毅然として言い放つ。

「そこをどいてください。帰ります。邪魔をするのなら、通報しますが」

「ふざけたことを言ってんじゃねえ！　サツなど関係ねえ。てめえは、売られたんだ！」

その言葉とともに、男の一人がいきなり距離を詰めてきた。強く手首をつかまれて、顔が歪《ゆが》む。

「痛……っ！」

振り払おうとしたが、そう簡単には外れない。芽依の手に、棒のようなものはない。絶体絶命のこのピンチを、どうやって切り抜けたらいいのかと考えたときだ。

「そいつから、手を離せ」

迫力のある低い声が、室内に響き渡る。

目の前のチンピラが、先ほど発したような大声ではない。だが、従わずにはいられないほどの凄みと威圧感がその声には含まれていた。

芽依もびくりとしたが、目の前のチンピラのほうが大きく震えて、芽依から手を離して振り返る。

男たちが背にしていたドアを蹴破るように開け放ったのは、三十歳ぐらいのスーツ姿の男だった。

一目でカタギではないとわかる、黒のダブルのイタリア製高級スーツ。その下のワイシャツも黒で、締めたネクタイは赤と黒の派手なデザインだ。

髪を後ろに撫でつけているから、端整な顔だちが露わになっていた。鷹のように鋭い眼差しに、形のいい鼻梁《びりょう》。その唇がどれだけ魅力的な笑みを浮かべるのか、芽依は知っている。

懐かしさと、どんな感情に分類されるのかわからない思いとで、胸がいっぱいになった。今がピンチであることも忘れて、食い入るようにその顔を見つめる。

久しぶりのその姿は見とれるほどに素敵だったから、一瞬でも逃さずに、瞳に焼きつけておきたかった。

彼の名を呼ぼうと、芽依の唇が動く。

だが、それよりも前に、目の前の二人が震え上がってうめいた。

「……あんたは、……七坂《ななさか》の……」

七坂伊吹《いぶき》。

指定暴力団『七坂組』の組長の一人息子であり、その組を継ぐつもりだと言っていた。芽依は長いこと彼に会っていなかったが、目の前のチンピラ二人が圧倒されている様子を見れば、それなりの顔なのだと認識できる。

伊吹は棒立ちになった男たちの肩をぐいと押しのけて、芽依のほうにゆったりと歩み寄った。

「悪ィな。こいつは、俺との先約がある」

その言葉とともに手首をつかまれ、引っ張られて芽依の身体はすっぽりと彼の腕の中に収まった。そのたくましい身体に抱きこまれて大きく鼓動が跳ね上がったときに、耳元でささやかれる。

「逃げるぞ。階段を一気に駆け下りろ」

――逃げる？

顔を離すと、すぐそばで伊吹の目が、合図を送るように楽しげに輝いた。

伊吹がチンピラどもに向き直って殴りかかった途端、芽依はその間を抜けて、階段を一気に駆け下りた。

何が起きているのかわからないのだが、伊吹に任せておけば大丈夫だ。そんな信頼があった。

彼は自分よりも強いし、極道だ。この場を切り抜けるすべは、伊吹のほうが心得ている。

伊吹がいるところから、「ぐっ」とか「ぐえっ」という声が聞こえてきた。伊吹は大丈夫かと、階段の踊り場で思わず足を止めて振り返ったときに、彼が上から追いかけてきた。

「外だ！　出てすぐのところに、車が待ってる」

その指示を受けて、芽依は残りの階段を全速力で駆け下り、ビルの外に出た。

少し離れた路上に、黒塗りの高級車が停まっていた。これかと確認しようとする間もなく、腕をつかまれてその車の後部座席に連れこまれる。

伊吹がドアを閉じるなり、車は急発進した。

「な、なに、なに……！」

息吹と二人で車の後部座席に転がりこんだ芽依は、めくれあがっていたタイトスカートを引き戻しながら、座席に座り直す。

伊吹は隣のシートで身体をひねり、背後を確かめていた。つられて芽依も、息を整えながら同じように背後を見た。すでに例のビルから離れているが、追ってくる人や車の姿は見えない。

車はタイヤを鳴らして角を曲がり、路地から大通りに出た。

そこまで離れれば安心なのか、伊吹は背後を見るのをやめて、シートにどっかりと身体を沈めた。

のんびりとした声で、運転席の男が言ってくる。

「追ってはきてないみたいですね」

「ああ。うちとは友好関係にねえ組のことだから、どう出るかわかんなかったけどな。まぁ、コトを荒だてたくないんだろ」

「後で話を通しておきますか?」

「必要ねえ。俺はこいつだけ連れて帰れれば、それでいい」

どこかのんきに聞こえるやりとりだ。芽依にとっては、己の貞操のかかった死に物狂いの脱出劇だったが、伊吹たちにとってはこんなものは日常茶飯事なのだろうか。

芽依は車内を眺めた。かなりの高級車だ。芽依は車に詳しくなかったから車種などはまるでわからないが、車内はびっくりするほど広く、その内装には高級感がある。窓には、濃いスモークガラスが使われていた。

――いかにも、極道の車だわ。

革張りのシートは、抜群に座り心地がいい。それを実感しながら、芽依は気になってたまらない隣の伊吹に顔を向けた。

彼と顔を合わせるだけでやたらと緊張して、鼓動がせりあがってくるのがわかった。

「あの、……助けてくれてありがとう。だけど、まだ事情がつかめないの。どういうことなの？」

伊吹と顔を合わせるのは、九年ぶりだ。

最後に会ったのは、芽依が中学二年生のときだった。それから、どれだけ会いたいと願っていただろうか。

伊吹は芽依よりも八つ年上であり、通っていた剣道教室で師範代わりに子供たちを指導していた。芽依にとっては、大好きで敬愛する師匠だ。

伊吹は芽依のほうを見て、軽く片方の口角をつり上げた。どこか皮肉げな笑みだったが、その笑みが一緒にいたころの感情を一気に蘇《よみがえ》らせて、全身に鳥肌が立った。

――わ……！

伊吹と一緒にいたときには、どれだけ毎日ドキドキさせられていたのかを思い出す。

伊吹は厳しい先生で、何より仁義と礼儀を大切にしていた。彼といると自然と背筋が伸びた。

剣道教室にいるときには二人とも道着だったから、余計にそのビシッと筋が通った迫力が強調されて、芽依もああなりたいと憧《あこが》れたものだ。

そんな伊吹は、剣道教室に通う子供の親からも、大人気だった。

だが、伊吹はそのような女性に一切の興味を示さず、下手なアプローチをはねのけるだけの迫力があった。それがますます人気を煽《あお》ったものだ。

――今もまだ、女性は苦手なのかな？

三十すぎの男の色気がにじみ出す伊吹の姿から、目が離せない。藍染めの胴着姿は見慣れていたが、今のヤクザそのものの服装も、びっくりするほどよく似合う。

どこか崩れた男の色気だ。そして、何でも見抜くような鷹の目は、今も変わらない。

「おまえがＡＶに出演させられそうになっていたから、放っておけなかっただけだ」

「あれって、やっぱりそうなの？　義理の父に、そこまで連れてこられたんだけど」

「借金がかさむと、……だんだんと、ろくでもねえところから借金するようになる。借り換えを繰り返すたびに、相手がヤバくなっていく。おまえの義理の父親も、そうだったみたいだな。ろくでもねえヤミ金は、金になるものなら何でも売り飛ばす。借金を抱えこんだ相手に若くてそこそこ見目のいい娘がいれば、因果を含めて風俗に売り飛ばすのは、よくある手口だ」

「……っ」

そうではないかと疑っていたものの、いざ言葉にして突きつけられると肝が冷える。

やはり自分は、義父に売り飛ばされたのだ。

「だ、……だけど、私は絶対に、そういうのに同意しないつもり」

「まともなところじゃねえから、同意はいらねえ。まずは、よってたかって複数で犯し、その映像を公開すると脅《おど》せば、大抵の女は言いなりになる。何度も撮影して賞味期限が切れたころに、クスリ漬けにして風呂に沈める」

伊吹はよく知っていることだと言わんばかりに、淡々と話す。

風呂に沈めるというのは風俗関係で働かせることだと、そのニュアンスから何となくわかった。

あそこにいたらそんな目に遭《あ》わされたのだと思うと、背筋がゾクゾクとして吐き気がした。

「そう。助かった。本当に」

義父はどこまで承知だったのだろうかと考えたが、一切目を合わせなかったから、たぶん何もかも承知の上だっただろう。だが、自分をアダルト映像に売り払ったとあらば、あんな義父との縁は切ってもいい。

しかし、なぜ伊吹がタイミングよく駆けつけられたのか、ということも気になった。

先ほど車内で聞いた会話によれば、芽依にろくでもないことをしようとしたあのチンピラとは敵対関係にあるようだが、同じ穴の狢《むじな》ではないのか。

——だって、伊吹は極道だし。

かつては、芽依は極道に憧れていた。一番近くにいる極道が七坂組であり、彼らは芽依にはとても礼儀正しく接してくれたからだ。

だが、成長するにつれ、世間が極道をどう見ているのか、ということを理解した。

伊吹は違うとは思っているものの、そうではないことを確かめておきたい。

「どうして、……私が危険だってわかったの？」

車は歌舞伎町から離れて、首都高に入っていく。

伊吹は窓の外に視線を向けたまま、ぶっきらぼうに口を開いた。

「おまえの義理の父親の顔は知ってたからな。歌舞伎町には、ヤクザのシマが複雑に入り組んでる。隣り合ったビルや店舗ごとでも、シマがそれぞれ違うってこともあるぐらいだ。その町の片隅で、おまえの義理の父親が、ろくでもないヤクザと話しているのを見かけたんでな。そいつが借金のカタにさんざん、エロい映像を撮ってるやつだと知っていたから」

「それでピンときたの？」

「ああ、そうだ。気になったから、そのヤクザに見張りを一人、つけといた。おまえの義理の父親が、またそいつのもとに来たら知らせろ、ってな。すると、おまえの義理の父親が、娘らしい若い女を連れて、そのヤクザが根城にしているビルに入っていったって連絡が来たんだ。のぞきに行ったら、案の定」

伊吹の極道の仕事について、芽依は何も知らない。

所属しているのが七坂組という組であり、伊吹はその組長の息子だ。その組は広域指定暴力団の傘下にあって、東京ではそこそこの勢力である、ということぐらいだ。

歌舞伎町にヤクザのシマがあることは知っている。

だが、極道にそれほどまでの情報網があるとは知らなかった。七坂組というのは、歌舞伎町の中でも、かなりの権勢を誇っているのだろうか。

——なるほどね。

たまたま今回は歌舞伎町で義父がヤクザと話をしていたから助かったのであって、これがたとえば池袋などの別の街だったら、自分は今ごろ、とんでもない目に遭っていた可能性もある。

——それこそ、不幸中の幸いってやつ……？

そう思うと、背筋がゾクゾクしてきた。

そんな芽依に、伊吹は落ち着いた口調で言ってきた。

「言いたかねえが、おまえの義理の父親は、かなりろくでもない人間だ。最近では、ヤクザよりもカタギのほうがタチが悪い。金になることなら、多少の違法性も無視して、何にでも手を出しやがる。今後、義理の父親とは、一切、縁を切ったほうがいい」

伊吹が意外なほど、義父の商売について詳しいことに驚く。

「そう……する」

芽依は素直にうなずいた。義父が違法な商売をしていると、薄々感じていた。火の粉が自分に降りかからなかったから、見て見ぬ振りをしていただけで。そんな自分が嫌になる。それに、どんどん弱っていく母を、義父のことで煩《わずら》わせたくなかったのだ。

「もう、義父とは縁を切るわ。家からも出る。……母には、……このことは話せないけど、……離婚しろとも言えないけど」

まだ考えがまとまらない。自分のことなら決断できるが、母にまで強制はできない。

伊吹はちらっと芽依のほうを見てから、腹のあたりで指を組んだ。

「とりあえず、家からは出ろ。あいつとは、一緒に住むな。で、うちに来ればいい」

「え?」

伊吹は窓の外を向いていたので、表情は見えなかった。形のいい顎《あご》のラインが、外からの明かりに浮かび上がってみえる。

「七坂組の事務所と隣接したところに、うちの本陣がある。そこなら警備も厳重だし、離れがちょうど空いてる。そこに住め。まだおまえは、危険だ」

「危険？」

「ああ。今日のチンピラどもに目ェつけられて、拉致《らち》される恐れがある。おまえの義理の父親とはしっかり話がついているから、合法だと思いこんでるんだよ。それに、……たぶん、おまえはあいつの好みだ」

「……あいつ？　あの場にいた？」

「ああ。サングラスをかけてたほうのチンピラだ。あいつは気の強い女が好きなんだ。自分が犯したくて、おまえをさらう可能性もある」

その言葉に、ゾッとした。

見知らぬ誰かに拉致され、陵辱《りょうじょく》されるなんて冗談ではない。芽依には恋人もいたためしがないし、ファーストキスもまだだ。そんな乙女の貞操を、最悪な形で踏みにじられたくはなかった。

だけど、そこまで伊吹に迷惑をかけるわけにはいかない。

芽依は身体に力を入れた。

「警察に行って、保護を求めてみる」

その言葉を、伊吹は鼻で笑った。

「まだ起きてもいねえ事件のことで、警察は動かねえよ。何かあってから来てくださいと、追い返されるのがオチだ」

「でも、何かあったときには、手遅れってことでしょ？」

「だから、うちに来いって言ってるんだ。うちなら、おまえを守ってやれる」

その言葉とともに、伊吹は芽依を見た。

――守って……。

向けられた強い眼差しに、一気に鼓動が高鳴る。

これほどまでに存在感のある異性をそばにして、幼いといえども芽依がときめかなかったはずがない。だけど、恋心としてしっかり自覚が芽生えるよりも先に伊吹は姿を消したし、それ以前から、伊吹は拒絶する空気をまとっていた。

伊吹は極道側の人間だ。芽依はカタギの人間であり、その間には大きくて分厚い、高い壁がある。それを踏み越えることはかなわないし、伊吹が許してくれない。

幼いころには、芽依はそんな壁があることすら意識していなかった。

だが、成長するにつれ、世間の極道に対する認識というのがどんなものなのか、理解するようになった。まず近づこうとしない。極道と付き合っている人まで避ける。まがまがしさが、伝染するとばかりに。

だけど、芽依はそれを意識しまいとしていた。それくらい伊吹が大切で、必要だった。

それでも、伊吹は芽依の前から姿を消した。芽依にとって伊吹は必要だったが、伊吹にとってはそうではなかったんだと思い知った。

伊吹の不在を実感するたびにいっぱい泣いて、彼がいないことにも慣れてきたはずだった。なのに、どうして九年も経った今になって、伊吹のほうから手を差し伸べてくれるのだろうか。それだけ、危険だということなのか。

今日の危機に駆けつけたのみならず、その後のフォローもしてくれるとは、親切がすぎないか。

「どうして？」

思わず、ストレートに口にしていた。その質問が的外れだったのか、ぶはっと運転席の舎弟が吹き出すのがわかる。

だが、芽依は止まらずに質問をたたきつけていた。

「どうして、そこまでしてくれるの？　いくら部屋が余っていても、やりすぎだわ。人を一人世話するのは、本当に大変なのよ？」

それは、義父の面倒を見てきたし、母の介護もしていたから、実感している。

伊吹は瞬きをした。

「大丈夫だ。うちには舎弟が大勢いる。そいつらが、芽依の面倒を見ることもできる」

「何かと大変な舎弟さんたちに、私のことで余計な手間を増やすわけにはいかないわ。大丈夫よ、そこまでしてくれなくても。義父のいる家には戻るつもりはないから。アパートを探す。そのアパートが見つかるまでの間はどこかのビジネスホテルか、ウイークリーマンションを見つけて過ごすし、さらわれないように人目があるところを歩くつもり」

「いや。だけど……」

伊吹は歯切れが悪い。芽依にここまで拒まれるとは、思っていなかったのだろうか。

助け船を出すように、運転席の舎弟が口を挟んだ。

「ですが、素人が対抗できるような相手じゃねえですよ。あいつらは、さらうと決めたら、けっこう執念深い」

「そうだ。道ばたに停めてある車から、いきなり降りてきて、引っ張りこむケースもある。注意してようが、素人に阻止できるもんじゃねえ」

伊吹もそれに同調する。

ヤクザはそこまでするのかとゾッとしたが、だとすれば守ってくれる伊吹側の労力も相当なものになるのではないだろうか。

「何でそこまでして、かくまってくれるの？」

それが不思議でたまらない。ぶはっと、また運転席の舎弟が吹き出した。だが、そこまで親切にしてくれる理由が、芽依にはまるでわからない。

幼いころから剣道の先生をしてくれた伊吹は親切だった。どんな労力もいとわず、二人で大会で優勝することを目指して猛練習した。

だとしても、あれから九年も経っているのだ。もはや、他人といっていいぐらいの間柄《あいだがら》ではないだろうか。

芽依の凝視を受けて、伊吹は居心地悪そうに視線をそらせた。

「いやその、……っ、おまえもそのままだと危険だろ。……それに」

「それに？」

ようやく理由を教えてもらえると思って、芽依は身を乗り出した。

だが、伊吹の泳いだ目は定まらない。とても顔だちが整っていて、落ち着いていて、超然としている伊吹のそんな表情を見るのは初めてのような気がする。ドキドキとして視線がそらせず、芽依は顔を近づけたまま、まじまじとその顔を見続けてしまった。

伊吹はその視線が落ち着かないらしく、窓のほうに少し身体の正面をずらした。長い足を組む。

「だから、その、アレだ。俺としても、……ちょっと手伝ってもらいたいことがあってな」

「私に手伝えること？」

芽依の目が輝いた。

他人に迷惑をかけるのは苦手だが、手伝うのなら悪くない。それに大好きな伊吹の役に立ちたい。

だが、芽依には特段特技があるわけではなかった。

——私ができることって、剣道ぐらいだけど……。

しかも足首に故障を抱えてしまい、競技者としての道を断たれているのだ。

「いやその、……だなぁ」

困惑《こんわく》したような声を、運転席の舎弟に向ける。

今度は、余計な口を出してきた舎弟は、押し黙ってしゃべることはない。

仕方なさそうに、伊吹は言った。

「ああ、……アレだ。すごく困っていることがある」

「何でもするわ！」

食い気味に言ってみたが、切り出されたのは思いもよらないことだった。

「俺にしつこくつきまとってくる女がいる。その女を追い払うために、恋人のフリをしてほしい」

「え」

芽依の全身が固まった。

そこまでして追い払いたいほど、困った相手がいるのだろうか。

自分にまず、それができるのかどうか、考えた。

芽依は演技が上手なほうではない。好意を抱いている相手でなければ、手をつなぐこともできない。

だけど、相手が伊吹ならば手をつなぐこともできるし、むしろ大歓迎だ。問題なのは、もしも抱擁《ほうよう》などされたら、ドキドキしすぎて卒倒しそうな気がすることのほうだ。

何しろ伊吹は、昔から大好きで、ひたすら憧れていた相手なのだ。

だが、極力動揺を見せないようにして、芽依は言った。

「詳しく話して。可能だったら、チャレンジしてみる」

「話した通りだ。俺をしつこく口説き落とそうとする女がいるんだ。断るために、好きな相手がいるからと言ったんだが、嘘だと言って引き下がらねえ。だったら、付き合っている女と会わせろとな。この後、その女と顔を合わせる機会があるんだが、そこで恋人役をやってもらえねえか」

具体的な提案に、ドキドキが膨れ上がる。伊吹に惚《ほ》れている女性に、自分との仲を見せつけるのだ。

「私で、役に立つ？」

芽依は息が詰まりそうな鼓動の高まりを感じながら、尋ねた。

かつて八歳の年の差は、大きかった。芽依は子供で、伊吹は大人だった。だけど、二十三歳になった今となれば、さほど不釣り合いとは思えない。自分と同年齢の女性と付き合う、三十頭ぐらいの男性は普通にいるだろう。

それでも、伊吹にとっては自分はまだ子供と思われているかもと心配だったが、ぶっきらぼうに言い捨てられる。

「ああ。十分に役に立つ」

「やるわ！」

即答だった。

何だか、興奮しすぎて意識が飛びそうだった。

何より伊吹と、しばらく顔を合わせる日々が来るのが嬉しい。

それだけで、絶望的だった状況が一変して世界が輝いて見えた。


「――やりましたねえ、若頭」

ショッピングモールのベンチで隣にどっかりと座ってきた舎弟にしみじみと言われて、伊吹は眉をつり上げた。

二人がいるのは、フロアの一角にある休憩用のスペースだ。周囲を観葉植物に囲まれている。

「ンだとぉ？」

「芽依ちゃんが、例の彼女でしょ。若頭が部屋に貼ってる写真の主。ちびっこ剣士だったのが、今やすっかり成長して、……綺麗《きれい》になって」

「ぜってえ、手ぇ出すなよ。殺すからな」

吐き出した声は、自分でもヤバいと自覚できるほどの殺気を帯びていた。

普段ならここまで声に感情がこもることはない。だが、こと芽依に関しては、驚くほどに制御できない。

その本気さ加減が伝わったのか、恐れ入った、というように肩をすくめられた。

「わかってますよ。若頭に殺されますからね。にしても、うまくやったじゃねえですか。恋人役？　役じゃなくって、そのまま恋人にしちゃいたいほどでしょうが」

「無駄口叩くんじゃねえ」

そのまま恋人にでもできたら、苦労はない。

芽依はかつて、伊吹が剣道教室で指導していた子供の一人だった。

しかも、世界を狙えるかもしれない、というくらい才能にあふれている上に、負けず嫌いで絶対に練習の手を抜かない。

伊吹にとっては大切な宝であり、その宝がより光り輝くように、何を犠牲にしても磨きたかった存在だ。

その宝と再会することになって、何より狼狽《ろうばい》しているのは伊吹自身だった。

休憩所に身を潜《ひそ》めながら、伊吹の目は同じフロアの少し離れたところで商品を見ている芽依に向けられている。ここではまず危険はないと思うが、目を離すわけにはいかない。

同じく舎弟も、フロア全体に気を配っているようだ。

芽依本人はショッピングモールで自由に買い物をしているとしか思っていないだろうが、こうして陰ながら見守るのが伊吹の役目だ。今回のピンチに気づいたのも、その一環だ。

幼いころから伊吹のお目付役をしていた舎弟は、この状況が面白くてたまらないらしい。パンチパーマでいかつい顔をしているが、サングラスの下からつぶらな瞳をのぞかせて、わくわくと聞いてくる。

「何で、そのままプロポーズしなかったんですか？　恋人役だなんて、わざわざ遠回しな方法を使わなくても」

「るせえよ」

気持ちをそのまま伝えられたら、苦労はない。

だが、これから芽依は、七坂組の離れで生活することになる。

ここで舎弟に念を押しておくことにした。

「いいか。絶対に、余計なことを言うなよ。芽依と、必要最低限の連絡以外を話すのも禁止だ。あと、俺がいちいち芽依としゃべるたびに、吹き出すのはやめろ。腹が立つ」

「まぁ、若頭がそう言うんでしたら」

「そうだ。そうしろ」

断言して、伊吹は腕と足を組んだ。

何度組長から縁談を持ちかけられても、にべもない対応をし、シマ内のスナックのママにちょっかいをかけられても気のない対応しかしない伊吹に、舎弟たちがどんな噂《うわさ》をしていたのかは知らない。遊ぶぐらいのことはした。だけど、まるでピンとこなかった。

――心が震えるのは、芽依だけだ。

再会したことで、全身が警鐘を鳴らしてる。

顔を合わせたらやたらと視線が吸い寄せられるし、話をしているだけで鼓動がせりあがってくる。心臓がドキドキしすぎて、まともに顔を見られなくなるほどだ。

七坂組の若頭として君臨し、どんな大物を前にしても動揺することはないというのに、芽依を前にしただけで波間の木の葉のように揺れ動かされる。

ほんの一瞬だけ、その身体にも触れた。芽依をろくでもないチンピラから救い出したときのことだ。

大人の女になった芽依の手首に触れ、その身体を抱きこんだときの感触と、鼻孔《びこう》から忍びこんだいい匂いを思い出しただけで、落ち着かなくなった。

――……やたらと綺麗になりやがって。

芽依のは、飾り立てた人工の美しさではない。魂の凜《りん》とした美しさだ。その大きな目でじっと見つめられると、自分の汚い欲望まで見透かされるようで、いたたまれなくなる。

入浴剤のコーナーに入っていく芽依を見守った後で、伊吹は顎を抱えこんで、絶望に満ちたため息を漏らした。

「どうして、……芽依からは、あんないい匂いがするんだ……？　……後で、芽依が使っているシャンプーとかの銘柄を、確認しておけ」

抱きしめたとき、そのまま卒倒するかと思うぐらいに、気が遠くなった。

同じシャンプーを伊吹も使えば、あの気が遠くなるような匂いにも慣れて、あれほどまでの狼狽《ろうばい》もしないですむかもしれない。

本気で口にしたのに、舎弟はぶはっと吹き出した。

「若頭。……特定の女の子からは、たまらねえ匂いがしてクラクラしますが、それが恋ってやつですよ」

「バカ言え」

これが恋心になってはならない。あくまでも、自分は芽依を守護するだけだ。その区別をつけておきたくて、伊吹は舎弟をにらんで凄む。

だが、舎弟はニヤリと楽しげな表情を浮かべて、立ち上がった。芽依のほうに近づき、その手からカゴを受け取る。そろそろ芽依のカゴが重くなり、荷物持ちが必要だと踏んだのだろう。

残された伊吹は、一人でまた深いため息を漏らした。

ただひたすら芽依の幸せを願って、遠くから見守っていればいいと思っていた。

だが、さすがにその腕に触れ、肌の匂いを嗅いでしまうと、心が揺らぐ。芽依を自分のものにしたくて、そのことしか考えられなくなってくる。

――だけど、……極道の道に芽依を引きこむわけにはいかねえんだよ。

かつてはそれが、大きな理由だった。

芽依が競技から引退し、その理由が薄れてしまった今、己の自制心がどこまで働くのかわからない。

芽依に関しては、自分がギリギリのところで踏みとどまっているという自覚があるからこそ、何かあったらもう止まらないだろうという怖さがあった。

――なのに、その相手に恋人役をさせるだと……？

危険すぎる。自分の忍耐力がどこまで持つかわからない。これほどまでの恋心に揺り動かされるのは初めてだった。それも芽依がやたらと綺麗になって、いい匂いがするからだ。

舎弟はグッジョブだと言ってくれたが、それどころではない。

だが、芽依と同じ屋根の下で寝起きをすると思っただけで、初恋を知った少年のように、たわいもなくドキドキしてしまうのだった。

〔二〕

芽依《めい》は偽装恋人役を引き受け、七坂《ななさか》家にしばらく世話になることになった。

アパートを探して引っ越すまでにそれなりの日数がかかるし、ＡＶに出演させようとしていたヤクザから身を守るためにも、七坂組の本陣にいたほうが安全だ。

そんなふうに伊吹《いぶき》が言ったのにも、納得できる。

途中でショッピングモールに寄ってもらって、日常のこまごましたものを買いこんだ。

それから七坂の本陣に向かったのだが、そこは都内の繁華街からそう遠くない市街地の坂の上にあった。

頑丈そうな壁で囲まれた大きな建物であり、車で近づくと鋼鉄製の横開きの電動シャッターが開く。入ってすぐのところに組事務所があり、いつでもいかつい舎弟たちが門番をしているようだ。

芽依が暮らすのは、その奥の住宅スペースだった。

組事務所は三階建ての近代的な建物だが、母屋のほうは純和風だ。同じく和風の庭がその中央にあり、築山《つきやま》があって池がある。離れはその母屋と渡り廊下でつながっている。

離れも純和風なのかと思ったら、別荘のようなしゃれた建物だった。ドアをくぐり、中に入ると、フローリングの明るいリビングと、木材を多用した天井の高い空間が目につく。広いリビングにはキッチンもついていて、寝室がその奥にあるらしい。

リビングから見える庭もとても綺麗《きれい》だ。

「素敵」

芽依は思わずつぶやいた。極道の本陣の離れというものが、こんなにも近代的な建物だとは思わなかった。

「ここに、……一人で住んでいいの？」

振り返って、ここまで案内してくれた伊吹に尋ねてみる。一人で住むには、もったいないような広さだ。

都内の一等地だから、賃貸ししたら、かなりの金額になるだろう。

伊吹は室内を見回して、無造作にうなずいた。

「ああ。当面、客は来ねえから、ここで好きなように暮らしてくれ。キッチンもそこにあるし、食料や調味料も母屋で使ってるものを小分けして運んであるが、面倒だったら、母屋や組事務所のほうでメシを食ってもいいぞ。芽依の分も準備する。どうする？」

「そこまでお世話にはなれないから、自分で作るわ。慣れてるし」

食事を作るのは苦ではないし、いい気分転換にもなる。

ふと気づいて、提案してみた。

「あ。……よければ、伊吹も食べる?」

「何をだ?」

「朝ご飯。一人で食べるのも寂《さび》しいし、一人分も二人分も一緒だから。……あ、だけど、伊吹は夜の仕事? だったら、時間が合わない――」

か、と諦《あきら》めようとしたのだが、食い気味に伊吹が答えた。

「食べる!」

「え?」

その即答に驚くと、ハッとしたように伊吹がすうっと表情を消した。

「まぁ、確かに、おまえが一人で食べるのも寂しいだろうし、毎朝、付き合ってもかまわねえよ」

毎朝、とまでは言っていないが、それでも食べてくれるのなら作りたい。どうせ、芽依も毎朝、朝食を食べるのだ。

「そんな大したものは作れないけど、それでもよければ」

伊吹はすごく上機嫌でうなずいた。

「何でもいい。メシと、何らかのおかずがあれば」

「味噌汁は毎朝作るわよ」

味噌汁は大切だ。特に朝飲むと、気分がシャキッとする。それに、スポーツをしていたから、栄養バランスは特に気にしてきた。

「不動産屋でアパートを探そうと思ってるんだけど、私が危険じゃなくなるまで、どれくらいかかるかな？」

「だいたい一ヶ月ぐらいじゃねえか？　あいつらも暇じゃねえし、それくらい経てば諦めそうだ」

「だったら、一ヶ月ね。その間、お世話になります。それと、ご両親へのご挨拶《あいさつ》と、お家賃は？」

頭を深々と下げてから現実的な話をすると、途端に伊吹が口元を緩めた。

「両親への挨拶は、いらねえ。極道には必要以上に関わるな。それと、家賃もいらねえ」

「だけど」

「ここが使われるのは、年に数回だ。親しい親分衆が、会合で来たときだけ。もしくは、……かくまわなければならねえような、事情のある誰かがいたとき」

「私みたいな？」

「もっと複雑な事情があることが多いけどな。どうせ空《あ》いているんだから、好きに使ってくれてかまわねえ」

「わかったわ。あと、偽装恋人の件なんだけど。それにも、ルールが必要だと思うの」

「ルール？」

「ほら。……どこまでしてもいいかとか。……これ以上はダメだとか」

落ち着かなくて、芽依はもぞっと肩を動かした。

つい最近、レンタル彼女を特集したテレビ番組を見た。自分の役割は、おそらくそれと同じようなもののはずだ。そのとき、客による勘違いを防ぐために、ルールを決めていると言っていたことが記憶に残っていた。

ルール作りが必要なのは、あまりにも伊吹はいい男で、芽依にとって憧《あこが》れの人だからだ。いくら偽装とはいえ、しっかり線引きをしておかないと、芽依自身が勘違いしてのぼせ上がりそうな不安もあった。

「どこまでならいいんだ？」

伊吹は口元にからかうような笑みを浮かべた。

そんな眼差しを向けられているだけで、ゾクッとする。

伊吹は極道の若頭だし、男前で頼りがいがある。それに強くて、間違ったことはしない。

――すごく、モテるんだろうな。

幼い芽依でさえ、伊吹のことが大好きだった。他の女児も伊吹のことが大好きだったから、芽依だけ特別な練習をするのはずるいと、泣きながら抗議されたこともある。

今回の件にかぎらず、伊吹は大勢の女性の胸を騒がせてきたのだろう。

だが、芽依は恋愛初心者だ。高校時代にも、大学時代にも、社会人になってからも、男性と付き合ったことはない。同年代の男性にピンとこなかったからなのだが、その原因はおそらく伊吹にある。

――伊吹みたいにカッコよくて、強くて美形な男がそばにいたら、そりゃあ、理想も高くなるってもんよ。無意識に比べちゃうし。

いわば淡い初恋の相手とでも言うべき伊吹の偽装恋人役をするだなんて、何だかムズムズするし、緊張する。

「私がルールを決めていいの？」

「ああ」

「だったら、ええと、……手をつなぐぐらいならいいわよ」

「へえ？」

あまりにもウブな発言をしてしまったからか、伊吹が肩をすくめてひどく楽しそうに笑った。

再会してから、伊吹は居心地が悪そうで、なかなか視線を合わせてくれない印象があった。だけど、ようやく笑ってくれたことにホッとする。

伊吹は皮肉っぽい笑いかた以外にも、こんなふうに楽しげに笑うことがあった。芽依を愛《いと》おしんでくれているように感じられるその表情が、大好きだった。そして、笑った後で決まって、芽依の頭を抱えこんで、その大きな手で撫《な》でてくれるのも。

さすがに、大人になった今は撫でてはくれない。それを寂しく思ったから、ぽろりと言葉が出た。

「抱きしめても、かまわないわ」

幼い日、励ますように抱き寄せられた記憶が残っている。

試合に負けて、ボロボロと泣いていたときのことだ。

伊吹の胸に引き寄せられ、包みこまれると、涙が鼻の奥で詰まってツンとした。

泣きながら伊吹と敗因について話し、次は絶対に負けないと誓った。

伊吹がいれば、無限の勇気を与えられた。伊吹がいたからこそ、芽依は厳しい練習にも耐え抜くことができたのだ。

「他には?」

からかうように尋ねられて、芽依の鼓動はまた跳ね上がる。

――他って、……その次に何を期待してるの? キスとか?

考えただけでも、顔から火が出そうになる。

手をつなぐのと抱きしめるのは以前も経験があったが、キスは格段にハードルが高い。

伊吹にとってキスは慣れた行為なのかもしれないが、芽依はファーストキスの経験すらない。

「キ……キスとかは、ダメ」

思わず声が上擦って、かぁああっと顔が真っ赤になっていく。

伊吹はそんな芽依を眺めて、幼い子供相手のように口元を緩めた。

「そうだな。好きな男とするまで、取っておけ」

まるでキスの経験がないのを見抜かれているようで、ドキッとした。そこまで自分は、モテなさそうに見えるのだろうか。

それとも、伊吹にとって自分は、まだ幼い子供のイメージなのだろうか。

——そうかも。

出会ったのは小学一年生のときだ。それから中学二年生まで、伊吹が芽依の実質的な師匠だった。

あれから成長し、芽依は大人になった。それでも、伊吹の意識の中ではいつまでも子供のころの印象が消えないのかもしれない。

ちっちゃい身体に道着をまとい、いつでも伊吹の後をついて回って、特訓しろとねだる子供だった。

「じゃあ、そういうことで。——約束は、守るよ」

軽く笑って、伊吹は離れから去っていく。

広い部屋にぽつんと一人残されて、芽依はしばらく呆然《ぼうぜん》としていた。

それから、椅子に座りこんで、頰を自分で包みこみ、大きくため息をつく。

激動の一日だった。

夕食を食べていないことを、今さら思い出す。だが、空腹すら感じないほど、伊吹との再会に興奮しきっていた。

この指定暴力団、七坂組の本陣内の離れが、当面の芽依の住まいだ。

【三】

それから、芽依《めい》の七坂《ななさか》組の離れでの生活が始まった。

行き帰りが特に危険だということで、舎弟が毎日、港区にある会社のそばまで車で送り迎えしてくれることになった。

芽依はキャラクタービジネスをしている会社で、事務の仕事をしている。いわゆる平凡なOLだが、就職難ということもあり、幼いころから好きだったそのキャラクターの会社に入社できたのは、幸せなほうだっただろう。

帰りにメールかSNSで連絡をすれば、舎弟が同じところまで車で迎えに来てくれる。

七坂組にあるのは、いかにも極道が使用するスモークガラスのついた防弾仕様の黒塗りの車だけのようだ。さすがにそのごつい車を、社のビルの前に横付けできない。

だから、会社のある区画から二ブロックほど離れた国道沿いで車を乗り降りすることになった。帰りにはスーパーに寄ってもらうから、夕飯や翌朝の食材には困らない。

座ったまま通勤できるのだが、組事務所の前を通り抜けるたびに、舎弟たちが深々と頭を下げて挨拶《あいさつ》してくれるのが落ち着かない。

伊吹《いぶき》の両親には挨拶なしでいいと言われていたが、偶然に顔を合わせることができた。簡単ではあったものの、挨拶することができた。

道ですれ違っても好々爺《こうこうや》としか思えない老人だが、組長と知っているからか、どこか目つきや足運びが常人とは違うような気がする。組長はあくまでもにこやかに、いつまででも滞在していってほしい、と言ってくれた。伊吹の母親も、終始にこにこしていた。

——組の人はみんな、とても親切なのよね。

だけど、極道だ。

極道に対して、芽依は悪い印象を持ってはいない。何故なら、幼いころから接したことがあるのが、七坂組の面々ばかりだったからだ。

伊吹を始め、とても礼儀正しかったし、子供だからと侮《あなど》ることなく、一人前に扱《あつか》ってくれたのが何より嬉しかった。カタギには迷惑をかけるな、というのが基本方針らしく、いつでも威圧的なところは見せずに控えめに振る舞っているところがある。

暴対法ができてからだいぶ暮らしにくくなっただろうが、こうして間近で接するようになっても、彼らの雰囲気は変わらない。七坂組の経済活動がどんなものかわからなかったが、若手は特にエリートサラリーマンの集団にも見える七坂組の面々は、普通の極道とは違う気がする。

——何ていうか、任侠なのよね。

むしろ芽依が気になるのが、彼らがカタギとは完全に一線引いて接しているように思えることだ。

伊吹が師範の代わりに教えてくれた、剣道の教えがあった。竹刀は相手に向けた剣であるのと同時に、自分に向けられる剣である。礼儀を重んじ、互いを敬い、心身の研鑽《けんさん》に励めと、伊吹は言葉だけではなく、その生き様でも芽依に教えこんだ。

——その伊吹が、悩んでいたわ。極道になるのは、この社会から外れていくことなんだって。

暴力団対策法が施行されたことで、組の人間でなかったとしても、その密接交際者だと認定されたら、とても生きにくくなるのだと伊吹は言っていた。

当時はよくわからなかったが、芽依は成長途中で調べた。確かに、密接交際者となったら、まともな社会人としての生活は送りにくくなる。

銀行口座やクレジットカードが作れなくなったり、ローンが組めなくなったりする。不動産の売買や、賃貸契約もできない。就職ができなくなるリスクもあるだろう。

——伊吹が組を継ぐことを決意して極道になったとき、それまでの知り合いとは一切縁を切ったのは、これのせいなのよね。

今さらながらに、当時の伊吹の心情を理解する。極道の道に入ることは、今までの生活との決別でもあった。

それから、伊吹は九年間、芽依の前には現れなかった。今回、芽依の前に姿を見せたのは、緊急の事情があったからだ。それだけで終わることなく、続けて芽依をかくまってくれるのは、当時とは事情が違っているからだ。

――私が、剣道をやめたから。

伊吹にとっても、剣道は特別らしい。芽依が頭角を現して、日本代表となる日を、とても楽しみにしていた。

伊吹もすごい選手だったが、競技で成績は残していない。残っているのは、中学までの記録だけだ。高校のときにどうして大会に出なかったのかと尋ねたら、苦笑まじりに答えた。

『俺は極道の息子だから』

幼い芽依にはその意味がわからなかった。理不尽に思えた。そんな規則があるのなら、自分が剣道の全国組織の会長に直談判して、伊吹を出してくださいと頼むと言った。そんな芽依を愛《いと》しげに見つめながら、伊吹が言った言葉を覚えている。

『いいんだ、芽依。身の程はわきまえてる』

――身の程。

その言葉が理不尽さを余計にあおり立て、芽依は泣いた。

伊吹の分まで頑張ると誓った。

競技の世界に身を置いたときにあらためて調べてみたが、やはりそのような規定はなかった。あくまでも七坂組としての自粛らしい。高校生になった伊吹は、その自粛を受け入れていたのだ。

――今でも、どこか一線隔てて、接せられている感じがあるわ。

離れまで貸して住まわせてくれているのだが、距離を保たれているように思えた。たまたま顔を合わせたので挨拶はできたものの、両親に紹介してもくれなかったし、組事務所には一切踏みこむな、と言われている。

――それはありがたいんだけど。もしも暴力団と親しいと知られたら、私も仕事をクビになるかもしれないし。

企業には企業としての、コンプライアンスがある。芽依の会社は子供に夢を与える企業だから、そのあたりの線引きは厳しいだろう。

義父とは、あれから連絡を取っていない。義父からの連絡もなかった。それが少し引っかかってもいたが、自分から積極的に連絡を取る気にはなれない。

――まずは、アパートを早く探さないと。

芽依は仕事が早めに終わった日には、車を運転する舎弟に頼んで、不動産会社を回ってもらった。

事前にネットでアパートを検索し、その内見を申しこんであったのだが、不思議なほど見せてもらいたい部屋は先約ありばかりだった。

もっと都内には、空室がいっぱいあるのだと思っていた。

――七月という時期のせい？　でも、七月だからアパートを探すのが困難になるとか、聞かないわよね？

それでもへこたれずにその場でアパートの間取り図を見せてもらい、すぐさま内見をして、手付金までこぎ着けた部屋もあった。だが、翌日、正式な手続きをしに行こうと思っていると、不動産業者から断りの電話が入った。

そこだけではなく、別の不動産会社も巡ってみたが、どこも成約までこぎ着けることができない。ほぼ大丈夫だと言われていても、その翌日には決まって断りの連絡が入る。

アパート探しは、難航していた。

――何かに邪魔されているような気までするわ。

だが、あきらめるのは早い。

まだ始めたばかりだ。

一ヶ月は七坂組の離れに住まわせてもらえることになっているのだから、その間に探せばいい。芽依はそう考えることにした。

七坂の本陣から職場までは、車で二十分かかる。アクセスもいいし、離れは綺麗《きれい》で、キッチンも使いやすい。調理器具を一通りそろえようとしたら、母屋のキッチンで使っているというプロ仕様の鍋やボウルを貸してもらえた。それらは驚くほど使いやすいし、以前差し入れてもらった調味料も本格的なもので味が良い。

調味料をいいものに変えただけで、料理が格段に美味しくなる。

それに何より、伊吹がすごく幸せそうに、毎朝、食べてくれるのが嬉しかった。

わりと伊吹はクールなほうだと思っていたのだが、食べるときにそんなにも感情が出るタイプだとは知らなかった。本人にどこまで自覚があるかわからないが、好物とそうではないものの区別も、顔を見ていれば一発でわかる。嫌いなものでも、何も言わずに食べてくれるけれど。

実家で毎日、二人分の朝食を作ってきた。芽依が作るのは、選手時代に身につけた栄養バランスを考えての和食だ。

メインに魚や肉を焼き、付け合わせの野菜は常備菜として作り置きしておく。それにご飯と味噌汁、というのが朝の定番なのだが、だいたい支度が整ったころに伊吹が姿を現し、一緒に朝食を取るのが日課となった。

朝方は伊吹にとっては仕事終わりの時刻らしく、少しけだるげな色気を漂わせていることもある。

眠いのかあまりしゃべることはないのだが、それでも料理の一つ一つをありがたそうに味わって食べてくれるのがわかる。

食べ終わったときには、両手を合わせて祈るようなポーズまでする。

伊吹のそんな姿に、芽依は圧倒されていた。

——そ、そこまで大したものは出せてないんだけどな。

よっぽど仕事が大変だったのか、精魂尽き果て、立っているのがやっと、という姿で現れることもあった。

さすがにそんなときには、朝食よりも寝るのが先ではないかと言ってみたのだが、伊吹は芽依の言葉を遮《さえぎ》り、律儀にきっちり、食べてくれた。伊吹が食べ終わった後のお茶碗には、いつでも米粒一つ残されていない。

——作りがいがあるのよね……！

義父は芽依が朝食を準備していても起きてこなかったり、連絡もなしで帰宅しなかったりすることもあった。義父のために分けておいた食事が、そのまま冷蔵庫に残っていることもよくあった。何を作っても無表情で、一言も美味しいと言ってもらったことがない。

そんなことがあったからこそ、伊吹との態度の違いは明白だった。

七坂組での生活が十日ほど続いたある日の朝食のとき、伊吹から切り出された。

「明日の金曜日。勤務後に付き合ってくれ」

伊吹が説明したところによると、その日、横浜の国際旅客ターミナルに停泊した豪華客船で、完成披露パーティが行われるそうだ。七坂組はその豪華客船に多額の融資をしており、招待されているらしい。

「そのパーティに、例の女が来る。芽依に、偽装の恋人役をしてもらおうとなった発端の、しつこい女だ。そこで、おまえと恋人のフリしていちゃついて、見せつけてやりたい」

ついに出番が来たかと、芽依は緊張する。

上手に演技ができるだろうか。

「いいけど、パーティに着ていく服がないから、今日の帰りに家に寄って取ってくるね」

「いや。自宅には近づくな。パーティ用の衣装やら何やらは、こっちで手配しておく。メイクとかヘアとかも頼むから、仕事帰りに車に乗ればそれでいい」

「プロに頼むの？」

「ああ」

メイクとヘアをプロにやってもらうのは、成人式のとき以来だ。自分でするのとは違って、とても気分が晴れやかになったのを覚えている。

しかも、準備も楽で良かった。

その翌日の金曜日、芽依は仕事帰りに迎えに来てくれた車に乗りこんだ。

車はしばらく走って、銀座にある高級そうな建物の前で停車した。そこは美容サロンで、ここでメイクやヘアセットをしてくれると舎弟が説明してくれた。

それを終えると、別室にドレスが準備されていた。装身具や靴なども一式置かれている。

「これって、レンタルなんですか？」

着替えた後で、恐る恐るハイヒールに足を入れながら芽依は店員に尋ねた。靴は紫のエナメル製で、どこかに突っかけたら傷を残してしまいそうでおっかない。

綺麗なメイクの店員は、にこやかに答えた。

「いえ。うちはレンタル品は扱いません。全て、お客様から届けられた品でございます」

靴の中敷きに入っていたロゴは、高級ブランドのものだ。靴だけでいくらよ？　と芽依は震《ふる》える。

伊吹にサイズを教えたり、測られた記憶はないのに、その靴はすんなりと足に馴染んだ。ヒールは十センチ近くあったが、それでも安定感があるのはよっぽどデザインがしっかりしているからだろうか。

イブニングドレスもサイズぴったりで、まるで自分のためにオーダーしたもののようだった。着ているだけで、上品な人間になった気がする。

芽依は全てのアクセサリーも身につけて、全身鏡の前に立った。

普段はひっつめることも多いストレートの黒髪が、今日はいい感じにウエーブをかけられている。自分では加工するのが大変な頑固な髪質だったから、それだけでも気分が上がった。

しかも、こんなふうにプロに綺麗にメイクしてもらえて、別人のようだ。

「女優さんみたいですね」

あくまでもお世辞だろうが、それでも言ってもらえて嬉しい。

下に向かってだんだんと色が濃くなっていく藤色のロングドレスも、有名なブランドの品だった。肩が完全に露出した本格的なイブニングドレスで、繊細に重なった生地に散らされたパールが光を弾く。

天然のシルクと、繊細なレースで作られているのだと、先ほど店員がそれを着せるときに説明してくれた。そのイブニングドレスに、肘の上まである同系色の長手袋を合わせる。

首にかけてもらったネックレスも、すごく高価そうだ。

──レンタルは扱わないって言ってたから、伊吹が買ったのかな、これ……。

イミテーションには見えないから、何十万か、下手をしたら一桁違うのかもしれない。

身につけているだけでも緊張する。

財布とスマートフォンと口紅だけ入れたパーティ用の小さなバッグを持ち、着てきた服は紙袋にまとめてもらって、舎弟に引き渡された。

芽依はまた車に乗った。高いヒールなのだが、とても歩きやすい。靴ずれができる心配もなさそうだ。

「じゃあ、このまま、横浜に向かいますね」

舎弟が言った。

芽依はうなずいて、後部座席の窓から外を眺めた。東京の日の入りは、午後七時あたりだ。今日の仕事は定時ぴったりに切り上げたから、ちょうど夕暮れどきだった。

茜《あかね》色の空を眺めながら、芽依はどんどん気分が浮き立っていくのを感じていた。

——とても楽しみ……！

何しろ、豪華客船でのパーティだ。

テレビで見たことはあるが、実際に乗ったことはもちろん、近くへ行ったこともない。

ただ、伊吹の偽装の恋人役をしっかりと務められるのかということだけが心配だった。

車は有料道路をひた走って川崎を抜け、だんだんと横浜に近づいていく。

海沿いの道を走っていると、ライトアップされた大観覧車が見えてくる。桟橋に泊まっている豪華客船も見えてきた。

——わ……！

中でも目を奪われたのは、車が向かう方向にあった大型客船だ。近づくにつれて、ビル並みに巨大なのがわかってきた。やたらとイルミネーションで飾り立てられているのは、今日のパーティのためだろうか。

車はその客船から少し離れたところで停まり、舎弟が電話を入れた。おそらく、その相手は伊吹だ。

電話を切ってから、言ってくる。

「若頭が、ここをまっすぐ行った桟橋の、受付の前で待っておられるそうです」

「わかったわ！」

芽依はパーティバッグだけを持って、車から降りた。途端に海風が、気持ちよく吹きつけてくる。それに髪を乱されないようにしながら、桟橋の上を歩く。

非日常のキラキラとした輝きが、そこにはあった。

豪華客船のパーティに、こんな素敵なドレスで参加できるのだ。

――伊吹はどんな格好なのかな？

いつもの伊吹は、いかにもヤクザといった派手な格好だ。イタリア製のブランドスーツに、カタギではない色彩のシャツやネクタイがその物騒な目つきを引き立てる。

だが、そんな伊吹が結婚式の新郎っぽいパーティー用の格好をしているかもしれないと考えただけで、芽依は楽しくなった。

そのとき、不意に声がかけられた。

「芽依」

顔をそちらに向けた瞬間、芽依は大きく目を見張った。

——伊吹？

その背の高い、スーツ姿の人影はそうとしか見えない。

今日はカタギが多く集まるパーティに出席するためか、彼は驚くほど上品なスーツ姿だった。

大人の男の色気がしたたる灰色のジャケットに、ベストとボトムスのスリーピース。肩幅の広い長身が強調されて、端整な顔だちが際立つ。

——……すごく素敵じゃない？

いつもとのギャップに、芽依はクラクラした。

芽依が伊吹に見とれていたのと同じように、伊吹も芽依のドレス姿に見とれていたらしい。しばらくして、二人ともハッと我に返って、身じろぎする。

こんな素敵な伊吹に自分が釣り合うのか不安になって、芽依は尋ねてみた。

「変じゃない？」

このようなドレスを着るのは、初めてだ。友人の結婚式やその二次会に参加するのが、芽依にとっては一番のおしゃれをする機会だったが、さすがにそんなときにも本格的なイブニングドレスは着ない。

「変じゃない。すごく、……似合ってる」

伊吹は言った後で、居心地悪そうに咳払《せきばら》いをした。

それから、すっと手を差し出した。これはエスコートのためのものだと察知したが、芽依には経験がないから、どう手をからめていいのかわからない。

「どうつかむの？　上から？　下から？」

「好きなように」

言われて、下から腕をからめてみると、伊吹の手がすっと下がって、手をつなぐ格好になった。自分が何か間違ったのかもしれないと思ったが、成人してから異性とこんなふうに手をつなぐことはなかった。それだけでやたらと緊張する。

イブニングドレスに合わせた手袋越しに、手を握ることになる。本当は生で手をつないでみたい。それがかなわないことに、少しだけやきもきした。

――だけど、生で手を握ったら、緊張しすぎて倒れちゃうかもしれないし。

何せ今日の伊吹は、たまらなく素敵なのだ。

何度もチラチラと、伊吹を眺めてしまう。

巨大な豪華客船に向かって、二人で歩いた。つないだ手を、やたらと意識せずにはいられない。それだけでのぼせ上がったように、ぼうっとしてくる。

近づくにつれて、豪華客船はますます大きくなった。首が痛くなるぐらいそれを見上げてから、芽依は言った。

「すごく大きいのね」

「ああ。十三階建てだ。東京ドームの二倍ぐらいの大きさ、らしい」

いつも伊吹は数人の舎弟と一緒にいるが、今日は置いてきたそうだ。

乗りこむ前に招待状のチェックを受けて、二人は船内に入った。

その途端、芽依はすうっと顔を上げた。

一流ホテルのロビーに入ったような錯覚を覚える。やたらと豪華で、天井の高い広大な空間がいきなり目の前に開けたからだ。

左右にはまっすぐ高く伸びる柱があり、そのまま上っていくエスカレーターが二列に並んでいた。頭上でキラキラと輝く大きなシャンデリアに見とれながらエスカレーターに乗り、そのまま移動していく。

早くも自分が船にいる、という感覚は失われていた。最高級のホテルの内部としか思えないような、豪奢《ごうしゃ》な空間だった。だんだんと、生演奏らしきクラシックが聞こえてくる。

「その突き当たりが、メインのパーティ会場だ。軽食はそこにもあるけど、船内にある八つのレストランのどこで取ってもいい。何が食べたい？」

言われて、そろそろ夕食時だと気づいたが、興奮しすぎて空腹など感じられない。

「何って……」

「まずは、船内を回ってみるか。いろいろ、見たいだろ？」

好奇心いっぱいにあちらこちらを見ていたからか、そんなふうに見透かされて、芽依はうなずいた。

まずは、この豪華客船を見て回りたい。

何度かエスカレーターを乗り換え、ちょうどいいところに設置されたバーで軽く喉を潤す。それからさらに、船内を探索した。

廊下は複雑に入り組んでいて、らせん状になったしゃれた階段や、どこにつながっているのかわからない通路を二人で歩いていく。

何度か結んでいた手は離れたが、いつの間にか腕を組むような格好になっていた。こんなふうに伊吹にくっつけるのが嬉しくて、芽依はからめた腕にすり寄った。

――ふふ。

偽装ではなく、本当に恋人同士みたいだ。

船内が広すぎて何度か迷子になりかけたが、あちらこちらに現在地を記した船内図のプレートがあったから、どうにかなった。

今日はプレ公開日だから、公開されている範囲や営業されている範囲はかぎられている、と伊吹が説明してくれた。それでも、プールやシアター、ナイトクラブやカジノなど、船内にあるとは思えないような立派な施設に感嘆する。

温泉まであるそうだ。中はのぞけなかったが、話を聞くだけでも楽しい。

一通り回ってから、芽依たちはメインパーティ会場へと戻った。

フロアは先ほどよりも大勢の人でごった返している。

芽依の本格的なイブニングドレスは浮くことはない。そのような格好をした人々が大勢集うパーティが、こんなふうに開催されていること自体が驚きだった。

優雅な音楽が聞こえてきたのでそちらのほうを見ると、ドレスを着た人々が社交ダンスのようなものをしている。

芽依は興奮して、横にいた伊吹にささやいた。

「すごいわ！　まさに、舞踏会って感じね……！」

「踊るか？」

「え？　でも、踊ったことないけど」

「適当に、俺に合わせていればいい」

伊吹は芽依の腕を取り、ダンスが行われているフロアの中心まで連れ出した。

経験はなかったが、やれるものならばやってみたい。その気概《きがい》で、芽依は伊吹と正面から向き合う。

盛装をしている伊吹を、もっと堪能してみたい。そんな思いもあった。

だけど、フロアでこんなふうに向かい合うだけで、何だか照れる。伊吹も芽依に視線を走らせてから、どこかぎこちなく視線をそらせた。

——伊吹、もしかして、照れてる……？

子供だと思っていた芽依が、すっかり大人になっていることに戸惑《とまど》っているだけなのだろうか。

そんな伊吹に、どうやったら自分は大人の女になったのだと伝えられるのかと自問する。

大人の女性として意識されるような振る舞いとは、どんなものなのだろうか。

それでも何も言えず、ただ緊張にガチガチになりながら、伊吹がダンスを教えてくれるのを待つ。すると、いつもと違う丁寧な動きで片方の手を取られ、もう片方の手が芽依の背中に回された。

そんなふうに触れられると、何だかくすぐったい。身体をよじって逃れたくなったが、それを我慢している間に、ぐっと抱き寄せられた。

身体と顔の位置が近くなり、それだけで鼓動が跳ね上がる。

その腕の中にいるだけで、身体に力が入る。さらに一歩間を詰めて、伊吹が魅惑的な低音でささやいた。

「見せつけてやるんだろ？　俺の恋人だって」

——そうだった……！

自分の役割を忘れそうになっていた。今日は伊吹の偽の恋人役として、伊吹との関係を見せつけるためにやってきたのだ。

このフロアのどこかに、その女性の目があるのだろうか。

「もう、いるの？　その人」

尋ねながら、腰に回された伊吹の手の感触をやたらと意識していた。

他人に身体に触れられることは滅多《めった》になかったし、腰というのは親密な位置だ。しかも身につけているのは、薄いドレス一枚でしかない。ヒールを履くと、身長差がちょうど良かった。伊吹はこんなにも背が高かっただろうか。

伊吹は芽依と手の指をからめながら、軽く笑った。

「まだ、わからねえ。――そんな女のことはいいから、まずは音楽に合わせろ。一、二、三、四と、音楽に合わせて、身体を左右に揺らすだけでいい。簡単なステップから教える」

「う、……はい、わかりました」

教えるモードになった伊吹に、芽依は幼いころに剣道を教えてもらったときの気持ちを蘇《よみがえ》らせて、殊勝にうなずく。

芽依たちの近くには、社交ダンスを習っているとおぼしき本格的なステップを披露する男女もいた。そんな人たちに圧倒されながらも、芽依は言われた通りに音楽に合わせて身体を揺らしてみる。それだけでも何だか楽しくなってきた。

踊りながら、伊吹はステップも少しずつ教えてくれた。最初のステップがマスターできると、次のステップを教えてくれる。ステップとステップがつながり、少しずつ形になってくる。

それが楽しかったし、何より伊吹の腕にすっぽりくるまれている感じがたまらなかった。

――抱きしめられてるって、感じ。

「ヤクザって、舞踏会でダンスも踊るの?」

からかうように言ってみると、伊吹は口元をほころばせた。

「ナイトクラブで、酔っ払った男女の客や、ママと踊ることならあるぜ」

伊吹のステップは、そこで仕込まれたものなのだろうか。

芽依は思わずつっこんだ。

「男性とも?」

「ああ。ときには、酔っ払ったおっさんとも」

音楽に合わせて身体を左右に開くことができるようになり、最後にはくるっと回転もさせてもらえる。高いヒールでも踊りにくいことはなく、靴は足にしっくり馴染んでいた。むしろ普通の靴より、踊りやすいかもしれない。

ずっと踊っていたかった。だから、何曲も続けて踊ったが、最近は運動不足だったから、そこが限界だ。音楽が切り替わったのをいい機会にして、二人はフロアから離れた。

「何か飲みたい」

「そうだな」

喉がからからだった。

少し涼みたくもあったので、二人はパーティフロアから離れて、甲板に出た。海が見下ろせる見晴らしがいい一角にバーがオープンしていて、そこで飲み物を入手し、少し離れたところで海風に吹かれながらカクテルで喉を潤す。

小さな花と傘が飾られたカクテルは、可愛《かわい》くて美味しかった。

二人がいるところからは、沖のほうまで見える。海岸線を縁取る陸の明かりと、海に浮かぶ船などの明かりが両方とも見えた。

そう遠くないところに、ライトアップされた観覧車とホテルも見えた。夜景がとても綺麗で、いつまでもぼうっと見とれてしまう。

カクテルを飲み終わり、ダンスの汗が落ち着いてきたころに、伊吹が言った。

「そろそろ、腹が減ってきたか？」

「そうね。そろそろ――」

うなずいたとき、ふと背後から話しかけられた。

「あら。七坂の――」

伊吹がチラッと振り返り、ハッとしたように向き直る。それから、近づいてきた女性の手をそっとつかんでキスをした。

そのような挨拶が、この世にあるのは知っている。だが、伊吹がその手の挨拶をするとは思わなかった。

だけど、その手の持ち主に視線を移したとき、そんなふうに礼をつくした挨拶をされるのがふさわしい女性だと気づいた。

肌の露《あら》わな漆黒のドレスを身につけており、豊かな胸が惜しみなく露出している。なのに、下品ではない。その見事なプロポーションに同性でも見惚《みほ》れてしまう。

メイクはひどく濃く、首筋と耳につけたアクセサリーは値段が想像できないぐらい豪華だ。

特にネックレスは、最高級ブランドの店の奥のショーケースで飾られているクラスの品ではないだろうか。ゼロの数に圧倒されつつ、こんな装身具を身につけるのはどんな女性なんだろうか、考えた遠い記憶が蘇る。

彼女は伊吹の挨拶を受けてから、芽依に視線を移した。その眼差しが向けられただけで、芽依は緊張した。

伊吹がさりげなく二人の間に割って入った。

「芽依。彼女はこの船のオーナー、禮宮早由利《あやのみやさゆり》」

——オーナー……！

その紹介にびっくりした。この客船は途轍《とてつ》もなく豪華で、建造にとんでもない費用がかかっていることは一目瞭然《いちもくりょうぜん》だった。つまり彼女は、それだけの金を動かせる女性だということだ。

「初めまして。伊勢崎《いせざき》芽依です」

ドレス姿のまま、芽依は腰を折って、深々と頭を下げた。ドレスに慣れていないから、こんなとき、どのように挨拶すればいいのかよくわからなかったのだが、とかく礼節については幼いころから叩きこまれている。

だけど、通りすがりのドレス姿の女性がふわっとドレスのスカートを沈めるようにして挨拶をしていた姿を、頭を上げながらふと思い出した。自分の挨拶は間違ってしまったのではないかとじわり赤くなると、禮宮が艶然《えんぜん》と微笑んだ。

「ドレスのときは、軽く頭を下げるだけでいいのよ。そんなにも深く屈《かが》みこんだら、胸元が見えてしまうわ」

「あっ」

言われて、確かにその通りだと気づく。慌《あわ》てている芽依を尻目に、禮宮は親しげに伊吹の腕に自分の腕をからめた。腕に胸を押しつけて密着し、その耳元でささやく声が聞こえてくる。

「可愛い娘《こ》を連れてきたじゃない。これが、あなたの言ってた、『胸に秘めてた相手』？」

偽装の恋人を、これから上手に演じなければならない。ぐっと身体に力を入れて気負った芽依とは裏腹に、伊吹にはさして気負いはないようだ。

チラッと芽依のほうを見てから、伊吹は禮宮の腕をあっさりと振り払った。

「てめえはよく、そんな昔の話を覚えてるな」

「覚えてるわよ。本気っぽかったもの」

禮宮と伊吹の親しげな様子に、芽依の表情から笑みは消えていった。

伊吹が女性と仲良くしているだけで、何だか落ち着かなくなる。自分は伊吹の本物の恋人ではないのだから嫉妬する資格はないはずだが、それでも見ていられなくてうつむく。

――だけど、禮宮さんは本命じゃない。……それは、伊吹の態度から何となくわかるわ。

禮宮は芽依にも色っぽい眼差しを向けた。

「この後、一緒に食事しましょう。このお嬢さんを、よく知りたいわ。あなたにふさわしい相手なのかどうか、確認してあげる」

「そんなの、てめえに確認してもらう必要はねえ」

伊吹は不機嫌そうに言い返す。その声には干渉を跳ねつける意志が感じられたが、禮宮は機嫌を損ねることはなく、楽しげな笑みを崩さない。

「これからちょっとだけ挨拶をして、向かうわ。悪いけど、先に行っていてくださる?」

禮宮は船内に八つあるレストランのうち、一つの名を口にした。そこを、禮宮の名で予約してあるそうだ。

伊吹の了承も取らずに、禮宮は美しいふくらはぎを見せつけながら去っていく。

その後ろ姿が消えてから、伊吹は芽依に向けて肩をすくめた。

「今のが、例の――」

その短い言葉で、禮宮が伊吹にしつこく迫っている相手だと確認できた。

極道の若頭である伊吹を悩ませる相手がいるとは思わなかったが、その本人を知ると確かに厄介《やっかい》そうな相手だと思う。偽の恋人でもでっち上げないと、簡単には引き下がってくれないだろう。

何だか胸がチクチクして落ち着かなくなったので、芽依は伊吹にすり寄り、禮宮が腕をからめていた腕に、自分から腕をからめた。だが、禮宮ほど豊かな胸はないので、何だか違った景色に見える。より落ちこんだが、自分のものを取られたような、すねたような気持ちが消えない。

ぐい、とより胸をすり寄せると、びくんと伊吹が反応したのがわかった。だが、振り払われることはなく、かすかに上擦った声で尋ねられる。

「どうした?」

「……なんでもない」

この胸のモヤモヤは、伊吹に伝えられそうもない。自分はただの、偽装恋人役だ。それでも、伊吹とくっついているだけで、少し落ち着いた。

「禮宮は、この地域の顔役の一人だ。前々から、何かと迫られてる。自分と組んだら、より組を大きく、強固にできるってな」

「顔役って、ヤクザってこと？」

「ああ。でかい暴力団の娘だが、母親が内縁関係なのをいいことに、密接交際者と認定されねえように、上手くやってる。ヤクザだと、日本では表の稼業に堂々と関わることはできねえからな。今後も認定を避けて、フロント企業として上手にやっていくつもりなんだろう」

フロント企業というのは、暴力団の構成員やその関係者が、資金獲得のために経営している企業だ。つまりはカタギの皮を被って、暴力団が運営している。

芽依もそのあたりのことは、ドラマや映画に出てくるので知っていた。

「年齢不詳だったけど、いくつぐらいなの？」

「俺より、いくつか上だったはずだ」

確かにそのような背景を持つ女性だったら、いくら伊吹であっても求婚をはねのけにくいだろう。

——頑張らなきゃ！　ちゃんと、伊吹の役に立たないと。

自然と、身体に力が入った。あの妖艶な目に、偽装の恋人役だと見抜かれないようにしなければならない。

「断れねえから、……そのレストランには行くか。それでいいか？　フレンチだから堅苦しくはあるが、この船では一番の味だ。どこぞの三つ星シェフを招聘《しょうへい》したと聞いた」

「もちろんよ」

三つ星シェフと聞いて緊張する。そこでも伊吹にふさわしい女性だと思われるように、キチンと振る舞わなければならない。

このように素敵なドレスを準備してもらったからには、それに合った振る舞いというのがあるはずなのだ。

伊吹は芽依の腕を振り払うこともなく、そのまま廊下に出た。

いくつか階を降りた先にあったのは、いかにも最高級のフレンチレストランといったしつらえの、ヨーロッパの古城を思わせる内装の店だった。

伊吹が名を告げると、ボーイがうなずいて奥の個室に二人を案内した。八人がけのテーブルだ。そこの二席を占めるとまずはワインが出され、それを飲んでいる間に、次々と他の客がやってくる。

伊吹とは皆、顔なじみのようで、気楽な挨拶が交わされた。

芽依も伊吹の連れとして、紹介される。渡された名刺を見ると、いずれも大企業の社長や重役、国会議員といった肩書きを持つ人々で、びっくりする。伊吹はワインを飲みながら、彼らとそつのない会話を交わしていた。

――けど、伊吹って、七坂組の若頭よね。

それとは違う表の顔もあるのだろうか。

どう振る舞えばいいのかわからなくなって、下手に口を開けない。緊張が解けずにコチコチになっていると、禮宮がやってきた。

「あら。皆さん。おそろいね。遅くなりまして」

にっこりと、薔薇《ばら》のような笑みを浮かべる。

この面々は全て、禮宮が食事に誘ったらしい。この船の建造の資金提供者や、許認可に力を借りた相手。今回のパーティの裏の主役というべき人々が、禮宮に招かれて、このテーブルに集っているらしい。

あらためて一同で乾杯を交わし、それから次々と出てきた料理に、芽依は息を呑《の》んだ。

高級な店だから緊張するが、カトラリーを外側から取っていけばいいだけだ。それくらいのマナーは心得ている。

オードブルからスープ、魚料理や肉料理。その間に挟まるお口直しまで、どれもたまらなく美味だった。しかも、盛りつけにも技巧を凝《こ》らしてあって、絵画のようだ。

料理に意識を取られすぎたのと、正しく振る舞おうと頑張っていたからこそ、芽依はテーブルで交わされる物騒な話題もほとんど気にならなかった。表面上はにこやかながらも、何だか殺気のようなものがぶつかり合っているのを、芽依はうっすらと察している。こういう気配には敏感なのだ。

　だが、デザートが運ばれてきたころに、その話題には一旦決着がつけられたらしい。パッションフルーツ風味のメレンゲが飾られ、アールグレイのムースとマンゴーのソルベが詰めこまれたホワイトチョコのドームが中央に飾られた美しいデザートを食べているときに、不意に禮宮が芽依に話しかけてきた。

「で、このお嬢さんが、あなたの意中の人ってわけなのね」

　テーブル中の視線が一斉に自分に向けられてきて、芽依はデザートスプーンを持ったまま固まった。こんなときには、どう反応するのが正解なのだろうか。答えが見つからないながらも、芽依は肯定するようににこやかに笑ってみせた。

　生涯において、恋人がいたことは一度もない。だが、今は伊吹の恋人役だ。ここが正念場だという意識があった。

「ああ。俺の宝だ」

　さらりと伊吹が肯定した。

　その声があまりに自然だったので、そのことに芽依は戸惑って、食べたばかりのソルベを詰まらせた。

　気管に入ってしまって、ごほごほと咳《せ》きこむ。

　そんな芽依をいたわるように、伊吹がそっと肩に触れた。

「大丈夫か？」

「え。……ええ」

伊吹の手の感触に、ぞくっと痺《しび》れが広がる。

ようやく咳が治まって伊吹に視線を向けると、どこか苦笑された。そんなときの表情が、伊吹は本当に素敵だ。昔からこの表情が好きだったことを思い出して、芽依の口元もつられて自然とほころぶ。

そんな二人の姿を見ていたのか、禮宮が軽く肩をすくめた。

「わかったわ。ずっと好きな娘がいる、って言ってたのは、このお嬢さんだって認める。お似合いだわ、あなたたち」

納得してくれたらしくて、芽依はホッとした。

だけど、それで終わりではないらしい。禮宮は芽依を見据《みす》えて、言った。

「今夜は特別なお客様を乗せて、沖まで出る予定だったの。あなたたちは招待してなかったけど、こうなれば事情は別だわ。極上のお部屋を準備するわ。ロマンチックな夜を過ごして」

「え？　泊まりだなんて、俺は一言も――」

狼狽《ろうばい》したように、伊吹が身じろぐ。そんな伊吹を牽制するように、禮宮が深紅の唇を動かした。

「だって、あなたとは詰めておきたい商談があるもの。それに、……このお嬢さんにとっても、思い出深いクルージングとなるはずよ。泊まってみたいでしょ。うちの、ラグジュアリースイート」

――ラグジュアリースイート！

その言葉に、芽依はドキッとした。

このような豪華客船のスイートルームは、どんな部屋なのか見てみたい。可能だったら、泊まってみたい。それは、乙女の夢だ。だけど、これ以上、豪華すぎる体験を重ねてしまってもいいのだろうか。

庶民にとっては、贅沢がすぎる。

「ちょっと待て。俺のほうには予定がある」

伊吹は泊まりを歓迎していない様子だったが、禮宮は引かない。

「あなたの予定は、調整できるはずよ。それに、うちの新たなプロジェクトに加担したら、莫大な利益が得られるはずだもの。断る理由は何もないわ」

その言葉に、伊吹はしばらく固まり、仕方がない、といった様子でうなずいた。

伊吹ほどの男が、しつこい女性に悩まされている、ということは、禮宮に会うまでしっくりきていなかった。

だけど、禮宮とのこのやりとりを前にすれば納得できる。

——たぶん、一番苦手なタイプよね……。

それに、極道としての厄介な序列などがあるのだろう。

食事会はそれでお開きとなり、二時間後に禮宮と伊吹が商談をする、という形で決着がついたようだ。

皆がだいたいまとまって個室からフロアを抜け、通路に出たときだ。

「——あれ？」

芽依は何だか異様な気配を察知した。とっさに周囲を見回し、その気配の元を探さずにはいられない。伊吹も同じ気配を感じ取ったらしく、同じくハッとしたように周囲を見回していた。

だが、周囲は和やかで、目につく異変はない。近くで数人の男女が談笑しているだけだ。

異様な気配を感じ取っているのも、二人以外にはいないらしい。

それでもこの殺気は無視できなくて、伊吹に話しかけようとしたときだ。

不意に、壊れたような大声での叫び声が響き渡った。

「死ねえええ……！」

その言葉とともに、スーツ姿の男が柱の陰から姿を現し、禮宮目がけて突進してくる。

その手には、大きなナイフが握られていた。

男と禮宮のルート上に芽依はおらず、駆けつけても間に合わない。そう判断したものの、芽依は男の突進を阻止するために、持っていたパーティーバッグをとっさにその足元に投げた。

パーティーバッグに足を取られ、男はナイフを持ったままぶざまに転倒する。その間に、すかさず伊吹が男に近づき、立ち上がれないように背に足をかけながら、腕をねじ上げてナイフを取り落とさせた。

伊吹が組み敷いた男のもとに、警備のスタッフが大勢駆けつけてきた。

それを確認しながら、芽依は棒立ちになっていた禮宮に近づいた。

「大丈夫ですか？」

「ええ。ありがとう。お見事ね。何か、武道の経験でも？」

青ざめてはいたが、禮宮は芽依がパーティバッグを投げて男を転ばせたことに、めざとく気づいていたらしい。

「剣道を。ケガをして、もうやっていないですが」

「にしても、とっさの動きはさすがね。――あいつが、……伊吹が酔っ払って、自分が惚れている女について、語ったことを思い出したわ。すごく強くて、夢に向かってまっすぐな姿がいいんですって。だから、……俺が足を引っ張っちゃいけないんだって言ってたけど、……やっぱり、あなたのことかしら」

――俺が足を引っ張っちゃいけない？

そんな伊吹の言葉に、ドキッとした。

——すごく強くて、夢に向かってまっすぐな姿に惚れてるって、もしかして、私のこと？　それとも他に、……そういう人がいるの？

伊吹は極道だから、いろんな意味で強い女性に囲まれているようにも思えた。禮宮もその一人だ。強いというのは腕っ節のことだけではなく、それ以外の意味も含んでいるのではないだろうか。それでも思い上がりなのかもしれないが、伊吹が言っていたのは自分を指しているように思えて、ドキドキする。

そのとき、伊吹が近づいてきた。

「大丈夫か？」

男はスタッフに引き渡され、そのままどこかに連行されていくようだ。

禮宮は伊吹に向き直り、艶然と微笑んだ。

「ありがとう。このお嬢さんが助けてくれたから、こちらは全くケガはないわ」

「知ってる男か？」

伊吹は男が消えたほうに向けて、顎《あご》をしゃくる。

禮宮はうなずいた。

「何となく、見覚えはあるわ。多方面に恨みを買っている覚えもある。後であいつを尋問しながら、詳しく思い出してみるわ。だけど、あなたとの商談は、予定通りに始めるから」

そう言い残して、禮宮はスタッフの後を追って歩いていく。

すでに野次馬は散りつつあり、廊下は元の和やかさを取り戻していた。

「これ」

伊吹が芽依に、パーティバッグを渡してくれる。男の足元に投げたものだ。

「破損はないか？　あったら弁償するって、ここの警備スタッフから言われたが」

芽依は渡されたバッグの中身を確認した。男の体重が完全にかかってはいたが、口紅が割れたぐらいで、他は問題がない。

「大丈夫よ」

その口紅はメイクをしてくれたお店が、メイク直しのために、と言って渡してくれた小さなサイズのものだった。おそらくまたこのようなパーティに参加することでもないかぎり、自分ではつけることがない濃い色だ。

割れた口紅のケースを取り出して、廊下にあったゴミ箱に捨てる。すると、少し前から近くで控えていたスタッフが近づいてきた。伊吹との話が一段落ついたのを察したのだろう。

「よろしければ、今夜のお部屋を、ご案内いたします。ラグジュアリースイートを準備させていただきました。どうぞ、そこでごゆるりとおくつろぎください」

「ありがとう」

伊吹は乗り気ではなさそうだが、芽依は豪華客船に一泊できるだけでも嬉しい。しかも、ラグジュアリースイートだ。

どんな部屋だか、早く見てみたい。

そのスタッフの案内に従って歩きながら、芽依は横を歩く伊吹に尋ねた。

「ラグジュアリースイートって、泊まったことある？」

伊吹は肯定するように軽く肩をすくめた。

「一応な」

「あ！　でも、さっきのことで警察が呼ばれて、今夜の航海が中止になったりする？」

ナイフで人が襲われたのだ。殺人未遂として警察が呼ばれるだろう。現場検証のために、船が岸から離れられなくなることもあるかもしれない。

「それはねえよ」

伊吹はあっさりと否定した。

「あれくらいでは、警察は呼ばれねえ。あのナイフの男はこれからじっくり尋問されて、背後関係を調べられる。その後で、ぶん殴られて賠償金をがっつり請求されるか、海に投げこまれてフカの餌《えさ》になるか、どっちかだ」

「横浜港の近くでは、それはございませんね。何せ、岸に近すぎる」

先導するスタッフに今の会話が聞かれていたのか、にこやかに否定された。

この豪華客船では、スタッフまで肝が据わっているらしい。だが、それが冗談なのか本気なのか確認する前に、客室のドアが開かれた。

目に飛びこんできた室内に、芽依は魅了される。

「素敵……！」

ラグジュアリースイート、という名称がぴったりの、豪華で広い部屋だ。ヨーロッパの貴族の居室を思わせる、優雅な内装が素晴らしい。

ソファテーブルには生花が生けられ、座り心地の良さそうな白革のソファがゆったりとした空間にいくつも配置されている。

窓の向こうには海に面したバルコニーがあり、白いリゾート用の椅子が置かれていた。海がよく見える位置の室内にも、リクライニングのソファが配置されている。

入ってすぐのところに、バーカウンターがあった。そこに並んでいるミニサイズの何種類ものお酒や、冷蔵庫に入った飲物は好きなだけ飲んでいいと、スタッフは説明する。

足りなければ、追加で運んでくれるそうだ。冷凍庫には、美味しそうなアイスクリームも入っていた。

「では、こちらでおくつろぎください。何かありましたら、内線で。会議はこの後、地図を渡しました個室で行われます。朝まで、船内の各施設がご使用になれます。一覧はこちらにございますので」

印刷した紙がテーブルに置かれ、お仕着せのスタッフは深々と礼をして出て行く。

その後で、芽依は室内を探索した。居間の奥がベッドルームになっていて、レースの天《てん》蓋《がい》布がついた大きなベッドがある。ベッドの端には、チョコレートも置かれていた。

――ベッドは大きいけど、一つだわ。伊吹とここで、一緒に寝るの？

そんなふうに思って寝室の入り口で立ちすくんでいると、芽依の肩越しに寝室内を眺めた伊吹が言った。

「俺は、こっちの部屋で寝るから」

伊吹は妙な下心を感じさせることはない。

一晩泊まるというのは、こんなふうに寝室の問題もある。そのあたりをまるで考えていなかった自分を、反省した。

芽依は寝室の中に踏みこんだ。

ベッドはとても広く、スプリングも良さそうだ。芽依はそのベッドに仰《あお》向《む》けに倒れこんで、寝心地の良さを実感した。

隣室のソファもとても良さそうだが、眠るには適していないはずだ。やはり、ベッドで眠るのとは、疲れの取れかたが格段に違うだろう。

ここまで大きなベッドだから、身の危険を感じずにすみそうだ。他の男だったら絶対に同じベッドに誘うようなことはしないが、伊吹なら同意なしで嫌なことはしないはずだ。そんな信頼があったからこそ、芽依はベッドに横になったまま、そっと目を閉じる。

ドアのあたりにいる伊吹に向けて、思いきって言ってみた。

「ここ、広いから、……ベッドで眠ったらどう……かな？」

声は上擦らずにすんだだろうか。

異性と寝室をともにしたら、良くないことが起きる可能性がある。男性の欲望というものはおそろしく、特にその本人でさえも制御できないほどに荒れ狂う。そんな話を、メディアで聞いたことはあった。

――だけど、……伊吹なら。

伊吹のことは信頼している。この恋人役は、キスもしないという約束だった。

ドキドキしながら返事を待っていたが、一言で退けられた。

「バカ言え」

苦笑まじりの、容赦のない一撃だ。子供が色気づくな、と言われたような気がして、芽依はいたたまれなくなる。息が詰まり、耳まで赤くなった。

伊吹はその後、商談のために部屋から出て行ってしまった。残された芽依はショックを乗り越えた後で、シアターや劇場などの一覧が書かれた印刷物を眺めて、気分転換を図ろうとする。

船内ではシアターが一晩中上映され、バーやプールやエステも朝まで使えるそうだ。それらにも誘惑されたが、伊吹抜きでは今日は楽しめない気がする。それに、せっかくのラグジュアリースイートなのだ。

だから、伊吹が戻ってくるまで、この素敵な部屋でのんびりすることに決めた。

――自費だったら、おそらく一生。あったとしても、新婚旅行のときぐらいしか、こんな部屋には泊まれないし。

そんな貴重な部屋に泊まらせてもらうのだから、この極上の時間をしっかり味わっておきたい。

居間のあちこちの椅子に座り、ベランダにも出て、白ワインを飲みながら海風に吹かれた。船はいつの間にか離岸しており、少しずつ沖へと移動しているようだ。ここまで大きな船だと、揺れも感じられない。外を見なければ、航行しているとわからないほどだ。

横浜の夜景が綺麗で、いつまでも見とれてしまう。

だんだんと夜が更け、そろそろシャワーを浴びようと思っていたときに、控えめなチャイムの音がした。

インターホンで応じると、スタッフがドアの前に何かを置いていく、と言い残していった。直接渡さないのは、夜遅くだったから、いくらスタッフといえども、セキュリティを考えたのかもしれない。

ドアを開き、芽依はその箱を回収した。箱には、禮宮からのメッセージカードが添えられていた。

『急なことだったから、寝間着を準備したわ。部屋にパジャマも置いてあるけど、これで悩殺してね』

一緒に、伊吹からの箱もある。まずは、そちらの箱を見てみたら、そこに入っていたのは、明日の着替え用らしきリゾートウエアと靴などだった。

急に泊まりが決まったから、調達してくれたのだろう。自分では手が出ないようなブランドものの衣服に、芽依はびっくりする。

明日の朝、ドレス姿で船から降りるよりも、このようなリゾートウエアに着替えたほうが気持ちは良さそうだ。

——にしても、一式、いくら……？

ふわりとしたスカートが可愛い。伊吹の好みだろうか。試着してみたくて、ドキドキした。

だけど、そのお楽しみは明日に取っておくとして、そろそろシャワーを浴びることにした。何せここのシャワールームは、猫脚のバスタブタイプなのだ。泡が出る入浴剤も置かれていたから、いかにもなお姫様っぽい入浴タイムが楽しめる。

——しかも、できたばかりの船だから、どこもピカピカだわ……！

船とは思えないほど贅沢にお湯が使える中で、芽依は入浴を済ませた。

ふわふわのバスローブを身につけて、プライベートバルコニーに出る。火照《ほて》った肌を海風で冷やしながら、冷蔵庫にあったアイスクリームを食べつつ、海を眺める。

大海原に浮かんだ月がとても綺麗だ。

それに、海岸線の明かりも映える。月明かりに照らされた水面やそのうねりから、ここは海なのだと実感できた。

――すごく、……気持ちがよくて、最高だわ……！　それに、伊吹から頼まれた恋人役もできたよね？　ちゃんと恋人同士だと思わせることができた？

惜しむらくは、ここに伊吹がいないことだ。

彼もこのラグジュアリースイートの居心地の良さをたっぷり味わえばいいのに、と残念に思った。まだ禮宮と商談をしているのかと思うと、ちょっぴり胸が痛くなる。早く帰ってきてほしい。

だんだんと寂《さび》しくなって、芽依は濡れた髪を乾かすために部屋に戻った。

――そういえば、禮宮さんから、寝間着を差し入れしてもらったような。

伊吹からの箱のほうに意識を奪われていたが、意味深なメッセージがついた禮宮からの箱もあった。

その箱を引き寄せ、入っていた衣服を取り出した芽依は、びっくりして固まった。

畳まれた段階では、上品な薄いピンクのネグリジェのようにしか見えていなかったのだが、何だかとてもエロチックだ。胸元はそれなりにガードされて透けることはなかったもののの、脇腹や下腹などで肌が透けるデザインだ。しかも、丈は太腿の途中までしかない。これは、ベビードールとか、そう呼ばれる類《たぐい》の衣服ではないだろうか。そのベビードールとセットのショーツもある。

――まぁ、……恋人同士には、……こういう差し入れもあり、よね？

固まったまま、芽依はしみじみとそれを眺める。このようなものを贈られるということは、恋人同士だと思わせることができたのだろう。驚きはしたが、少しホッとした。

――だけど、私に似合う？

ある程度は肌が隠れるし、高級なレースが使われていて上品でもある。肌触りもいいから、これを着てベッドに入ったら、シーツがひんやりと感じられて、意外なほど寝心地も良さそうだ。

――だけど、セクシーすぎるわ……。

こんなものを身につけたら、誘惑していると伊吹に誤解されるのではないだろうか。キスもダメだと伝えた恋人役なのに、矛盾している。

部屋にはもともと備えつけのパジャマもあった。そちらも取り出して、芽依は見比べてみる。

備えつけのパジャマは、男女兼用の長袖タイプのものだ。それはそれで良いのだが、ベビードールを見てしまった後では、やっぱり色気が足りていない気がする。

——……私と、セクシーさ、かぁ……。

しばらく、芽依はそのことについて考えた。

一応は可愛いと言ってくれる人はいたものの、セクシーだと言われたことはない。

自分でも、色気が足りていないとは思う。伊吹と再会してから、どこか子供扱いされているような気がするのは、そのせいだろうか。

——だだだ、だけど、セクシーだと思われたいわけじゃ、ないんだけど。

すごく悩んだ末にベビードールのほうを身につけてしまったのは、先ほど目にした禮宮の色気がまぶたに灼《や》きついていて、無駄だとわかってはいても、対抗心のようなものがあったからだ。それに、こんな格好をすることで、伊吹に自分を女性として見てもらいたい、という願望が心のどこかに潜《ひそ》んでいた。

——けど、……ちょっと、……どうかな。やりすぎたかな。

自分のベビードール姿に落ち着かなくなって、芽依は早々にベッドに潜りこんだ。肌が見えないように首までシーツにくるまると、少し落ち着いた。想像していた通り、見かけだけではなくて、着心地もいい。

上質なシーツと相まって、肌への感触が最高だ。

伊吹が戻っていないから、居間の明かりはつけっぱなしにして、寝室だけ間接照明に切り替えた。

伊吹が帰ってくるまで、起きているつもりだった。だが、お酒の酔いと、今日一日の疲れがあって、いつしか眠りに落ちていた。

〔四〕

芽依《めい》が目を覚ましたのは、眠りに落ちて、どれくらい経ったころだろうか。

ムーディな間接照明の中で、伊吹《いぶき》らしき男のシルエットが見えた。ふわりと、蒸気とアメニティの匂いが漂う。シャワーを浴びていたのだろう。

「……伊吹？」

寝返りを打って、芽依は自分がベッドのどこにいるのか、確認した。

身体はベッドの左のほうに寄っている。動かなくても伊吹が横になるスペースは、十分にあるはずだ。

「寝てろ」

しめやかな、伊吹の声が響く。

「ん、……だけど……。伊吹も、ここで寝よ」

うとうとしながら、芽依はベッドで腕を伸ばして、その表面を誘うように叩いた。

「真ん中から向こうは、……伊吹の陣地。こっちに入って……こなければ、いいから」

「子供の遊びみたいだな」

くすくすと伊吹は笑った。誘いに乗ってくれるつもりになったのか、ベッドの端に腰掛ける気配があった。

そのとき、室内でチャイムが鳴った。その音の大きさに、芽依はびっくりした。何時だかわからないが、おそらくは深夜だ。こんな時刻に、誰が何の用でやってきたのだろうか。眠くて、まだ身体は動かなかったが、伊吹が立ち上がる気配があった。

「何だ？」

声が寝室の中で響く。

薄く目を開くと、ベッドサイドで何かのパネルが灯《とも》っている。

寝室にも、インターホンに応じる装置があるらしい。それを通して応対しているのだろう。機械処理された声が聞こえた。

『私よ。暴漢から助けてくれたお礼と、あなたに素敵な恋人ができたことをお祝いして、シャンパンを持ってきたの』

その声の主が誰だか、芽依にはすぐにわかった。禮宮《あやのみや》だ。伊吹も相手が誰だかわかったらしく、冗談まじりに伝える。

「悪ィな。取りこみ中だ」

『かまわないわ。マスターキーがあるもの。居間のほうだけお邪魔して、セッティングしていくわ。取りこみが終わったら、喉が渇いてるだろうから、飲んで』

「いらねえよ」

『せっかく持ってきたんだから、受け取ってくれないと困るわ』

禮宮は引くつもりはないらしい。その強引な態度に、芽依は胸騒ぎがした。

——疑われてる？

同じように、伊吹も感じたのかもしれない。

インターホンの前からベッドに移り、芽依の身体に覆い被さりながら言ってきた。

「悪ィけど、少しだけ、……付き合ってくれ」

それが偽装の恋人としての役割だと、すぐに察知した。

少し前まで眠かったのだが、その言葉と、伊吹に布団を剝《は》がされたことで、一気に眠気が吹っ飛ぶ。

それと同じタイミングで、ドアの鍵が鳴った。禮宮は本気で部屋に入ってくるようだ。

だが、覆い被さってきた伊吹の身体の感触と、全身で受け止めた重みのほうが、芽依にとっては大問題だった。身につけているのは、禮宮にプレゼントされた薄手のベビードールだけだ。

伊吹は覆い被さったまま、じっとしている。それでも、これほどまでに密着していたら、伊吹の身体つきをやたらと感じ取らずにはいられない。伊吹が身につけているのは、風呂上がりのバスローブらしい。そのパイル地越しに、みっしりとした筋肉を感じ取る。同じように、芽依の身体の感触も、伊吹に全部伝わっているのではないだろうか。

——恥ずかしい……！

鼓動があっという間に速まって、呼吸まで苦しくなった。鼓動の音が耳を塞ぐほどに鳴り響き、あまりの息苦しさに芽依は口を開く。

どうしていいのかわからないままだ。だけど、押し倒されただけでこんなふうになるとは思わなかった。

息苦しくて、それだけで窒息しそうになる。伊吹の重みを必要以上に意識しすぎて、浅くしか息ができない。

伊吹の重みを受け止めながら、芽依は腕を頭の左右に投げ出していた。

どうしようもなかった。早くこれが終わってほしい。

そう思いながら、隣室の気配をうかがう。

シャンパンを持ってきたというのは、本当らしい。隣室のドアが開かれた後で、禮宮が誰かと話しながら入ってくる。客室係のボーイを連れてきているようだ。このあたりに置いて、と、禮宮が指示する声が聞こえてくる。

そのとき、不意に伊吹が耳元でささやいた。

「声を出せ」

その吐息が耳の敏感なところをかすめたので、過敏になっていた身体がびくんと跳ね上がった。

身体の前面が伊吹と擦れて、びっくりするほどの快感が駆け抜ける。

「っん！」

意図せず、甘い声が漏れた。

自分のものとは思えない声に狼狽《ろうばい》しながら視線を向けると、伊吹が芽依の耳元でまた言った。

「そう。その調子」

伊吹は悪ノリしたのか、芽依の髪に手を差しこみ、そっとかきあげてくる。ただ軽く触れられているだけだったが、とんでもない緊張と興奮にさらされていた芽依にとっては、電撃を受けたような刺激になった。たまらず、立て続けに甘い声を漏らしてしまう。

「っん、……っんぁ……ダメっ！」

ビクンとのけぞった身体から、力が抜ける。

そのとき、隣室から漏れてきた明かりの中で、伊吹の顔が見えた。

秀麗な顔だちだ。鼻梁《びりょう》の影すら整っている。

だけど、その伊吹はどこか苦しそうにも見えた。大好きな伊吹を、何がそうさせているのか知りたくて、芽依は目をこらす。

必死になって、伊吹の苦しみのもとを見定めようとした。何度か瞬きをした後で、これは熱に浮かされたような表情だと気づいた。

おそらく、芽依も同じ顔をしている。こんなふうに伊吹と密着し、その身体の重みを受け止めるだけで、正気ではいられない。

伊吹のその顔が、さらに近づいてきた。

「いいか」

伊吹のこんな切実な声を、聞いたことがない。

尋ねられても頭が真っ白で、何の了承を取られているのかわからないままだ。

すると、伊吹の手が芽依の顔の左右に移動してきた。真上からのぞきこまれて、圧迫感のあまり呼吸がさらに苦しくなる。

伊吹の身体の重みがかかっているからではない。彼は肘をついて、全ての重みがかからないように、分散してくれている。それでも、伊吹とベッドで、これほどまでに密着している。

特に苦しく感じられるのは、胸のあたりだった。ベビードールで包まれた乳房が、伊吹の身体との間で軽く押しつぶされていた。身じろぎするたびに、そこから甘やかな感触と苦痛が全身に広がっていく。

――くる……しい……。

まともに息ができない。

隣室のことなど、もはや何も考えられない。

伊吹と触れ合うだけで、こんなにも呼吸が苦しくなるとは知らなかった。

ぎゅっと目を閉じて、少しでもこの息苦しさを軽減させようと口を開いた。何も了承したつもりはなかったのだが、もしかしたらその仕草が誤解されたのかもしれない。

「ごめんな」

小さなささやきの後で、唇に何かが触れた。

「……っう！」

ぞわっと、全身に鳥肌が立つ。自分の唇に触れているのが、伊吹の唇だと、本能的にわかった。

柔《やわ》らかな唇同士が触れ合う初めての甘ったるい刺激に、芽依の身体は大きく跳ね上がった。

だけど、それ以上は動けない。伊吹の体重でベッドに縫いとめられていたからだ。

なすすべもなく、押しつけられた伊吹の唇の感触を全て受け止めるしかない。

触れ合った唇は一度離され、熱い舌が芽依の唇の表面をなぞった。まだキスは終わっていないのだと察知して、芽依の閉じたまぶたが小刻みに震《ふる》えた。

激しい鼓動が鳴り響く中で、これ以上の刺激に耐えきれずに、ぐっと唇を食いしばる。

だけど、呼吸が苦しすぎたのと、唇をなぞる熱い舌の感触に誘われて、すぐに唇はほどけた。鼻で呼吸することも忘れていた。

「っ！　あっ……っん、……っふ」

驚きにまた声が漏れたのは、伊吹の舌が口の中にまで入りこんできたからだ。

初めて直接感じ取った伊吹の舌は、ひどく熱かった。今までに食べたことがあるどんな食べ物とも違っている。慣れない他人の舌が、生き物のように舌にからみついてくる。

その間は、頭が真っ白で何も考えられない。

ただ、その舌がもたらす全身がざわつくような感触を、懸命に受け止めるだけで精いっぱいだった。息苦しくて、逃れたい。そのくせ、どこか気持ちがいいような、全てを委ねたいような奇妙な感覚があった。

全身から力が抜けていく。触れ合った部分から、身体が溶けてしまいそうだ。

――キスって、……こんななの……？

今まで、想像だけはしてきた。大好きな人と初めてキスをしたら、どんなにドキドキすることだろう、と。

だけど、どんな想像もこの実体験にはかなわない。こんなにも息苦しくて、壊れそうに心臓が鳴り響くものとは知らなかった。

これ以上キスをしていたら、心臓が破裂するかもしれない。そう思ったとき、遠くでドアが閉じる音が聞こえた。

その音を待っていたように、ようやく唇が離れた。途端に流れこんできた新鮮な空気を、芽依は唇を開けたまま、無心でむさぼった。

「は……っ、はぁ、……は、は……は」

しばらくは、上がりきった呼吸を整えることしかできない。伊吹が上体を起こしたので、胸のあたりにかかっていた重みが完全に消えた。だけど、その重みがなくなったのを、少し名残《なごり》惜しく感じてしまう。

先ほどドアが閉まる音がしたのは、禮宮たちが出て行ったからだと気づいた。それで、芽依が恋人役をする必要もなくなったのだろう。

伊吹もベッドに座って、どこか脱力したそぶりで息を整えているようだった。それから、ぽつんと尋ねられた。

「キス、……もしかして、初めてだったか？」

恋人役についての約束をしたときに、ファーストキスもまだ、とからかわれたはずだが、冗談のつもりだったのだろうか。二十三にもなって経験がまるでないと知られるのは恥ずかしかったが、今さら取り繕うのも不可能だ。

「……だから、キスはダメ、って言ったのに」

何だか、急に泣きそうになった。キスはすごく甘くて素敵だったのだが、伊吹にとっては偽装のキスだと気づいたから。

わかっていたはずなのに、胸がぎゅっと痛む。

伊吹は芽依の声の中に混じっていた批難の響きを感じ取ったのか、左の頬を手で擦り、弁解するように言った。

「すまねえな。あいつがこっちを見ているとわかったから、せっかくだから見せつけてやろうと」

「約束、……やぶった……」

「悪かった。詫《わ》びとして、何でも買ってやるから」

なだめるように、優しく言われた。

まだ子供扱《あつか》いされているようで悔しくて、じわりと涙がにじむ。

甘すぎたキスの代償にふさわしいものなんて、何もない。

「そういう……問題じゃ、……ない」

抑えきれずに、涙があふれた。元々、承知で引き受けたことだ。ここではさっぱりとした大人の態度を示したいのに、涙が止まらなくなる。

何で泣いているのか、わからない。ただ、悲しくてやりきれなくて、その思いがあふれ出してしまう。しっかり者として家でも学校でも会社でも扱われてきたが、伊吹の前では甘えたいような気持ちのほうが暴走する。

伊吹が慌《あわ》てたように向き直り、芽依の髪をくしゃくしゃと撫《な》でてきた。

その仕草が、幼いころを思い起こさせて、余計に胸が痛くなった。

伊吹にとって自分は、いつまでも幼い子供のままなのだろうか。キスをされるぐらい、大人になったはずなのに。

キスが甘かった分だけ、伊吹と心が寄せられていない苦さが胸に染みる。

ぎゅっと目を閉じたとき、伊吹の声が聞こえた。

「にしても、やけに色っぽい格好をしてんな」

言われたことで、自分がピンク色のベビードールを着ていることを不意に思い出した。禮宮から差し入れられた、お腹のあたりが透けたデザインの品だ。

寝室の薄暗さに目が慣れて、伊吹にはよく観察できているのかもしれない。

「っ……！」

慌ててシーツを引き寄せて、芽依は肩までくるまった。伊吹に見てほしくてこんな格好をしたつもりだが、いたたまれない。

伊吹はくくっと喉で笑いながら、ベッドから降りた。

「もらったシャンパン飲むか？」

そんなふうに言いながら、伊吹は隣室に向かって歩いていく。胸の苦しさは変わらないが、それでもベビードールショックで涙は止まった。

キスをしたことで、ひどい喉の渇きも感じていた。芽依はベッドで丸くなったまま、答えた。

「うん。飲む」

しばらくして、フルートグラスに二つ、シャンパンを注いだ伊吹が戻ってきた。それを受け取るために、芽依はシーツを身体に巻きつけて上体を起こした。

ベッドに座ろうとして軽く膝を折ると、伊吹がフルートグラスを手渡してくる。サイドテーブルに、水のコップも載せてくれた。

「こっちは水。……乾杯」

軽くグラスを合わせ、芽依はシャンパンを口に運んだ。

冷えたシャンパンは、とても心地よく喉に流れていく。薄いグラスの口当たりも良い。今日は、芽依にしてはすごく飲んだ。口にしたどのお酒も美味しくて、あまり翌日にも響きそうもない。それでも、しっかり水も飲んでおきたい。

伊吹も芽依以上に喉の渇きを覚えていたのか、一気に飲み干してから隣室に引き返した。いちいち取りに行くのが面倒になったのか、シャンパンクーラーごとベッドサイドに運んでくる。伊吹は追加を自分で注ぎながら、尋ねてきた。

「もっと飲むか？」

「いらない。飲みすぎだわ」

芽依がベッドの左側を、伊吹が右側を占めている形だ。広いからまるで手足は触れないし、ツインだったら別々のベッドにいるほどの距離はあったが、気配が伝わってくる。

ちびりちびりとシャンパンを飲みながら、尋ねてみた。

「さっきので、ちゃんと信じてくれたかな。恋人同士だって」

「じゃねーか？　なかなか、うまくやれたと思うぜ」

どこかしらじらしい会話だと思う。それとも、しらじらしさを感じているのは、芽依だけだろうか。

伊吹とのキスの甘さが、ずっと唇に残っていて消えてくれない。

ことさら先ほどのは恋人同士の演技だと自分に言い聞かせないと、ダメになりそうだった。あんなふうに全身を押さえつけられたことも、キスされたこともない。それが全て甘い記憶となって、芽依を呪縛していく。

しゃべっていないと、キスのことばかり考えてしまう。

伊吹はいつも、あんなキスをするのだろうか。

キスの感触がなかなか消えず、ずっとモヤモヤと考えてしまう。それくらい、強烈な記憶が刻みこまれていた。これは、もしかしたら、一生消えないのではないだろうか。

――次もまた、……キスすることある？

そんなふうに考えたとき、ふと気がついて聞いてみた。

「これで、……恋人役は終わり？」

偽装恋人役をすることになったのは、禮宮に伊吹には恋人がいると信じこませるためだ。だとしたら、これで役目は終わったかもしれない。

そう思うと、急に何かを失ってしまったような強烈な喪失感が湧き上がってきた。この感覚には、覚えがあった。芽依が中二のとき、伊吹が姿を消した。あのときと同じだ。何日経っても、姿を現さなかった。助けてくれたお礼を言おうと思っていたのに。

伊吹はしばらく間を空けた後で、ぽつりと言った。

「そうだな」

胸にナイフを刺されたような痛みが生まれる。だけど、それを伊吹に悟られたくなくて、あえて明るい声を押し出した。

「だったら、急いでアパート探すね」

「いや、言っただろ。少なくとも、一ヶ月はうちにいろ。危険だから。それに、禮宮が納得してねえ可能性もある。いきなりシャンパンを持って押しかけてきたのも、そのせいだろ。あいつにはそれなりの情報網もあるから、芽依がうちを出て、俺と疎遠になっているのが知られたら、偽装だったと見破られる可能性がある」

「そっか」

まだ離れにいていいのだと伝えられたが、何かが終わってしまったような喪失感が消えない。

——偽装の恋人役は、これで終わり。

グラスのシャンパンを飲み終えたので、芽依は二日酔いにならないように水も飲んだ。

それから、またベッドで丸くなる。

少し酔いが回って、頭がふわふわしてきた。

ベッドに身体を投げ出し、ぼんやりしていると、どうしても先ほどのキスのことばかり考えてしまう。

甘い甘いキスだった。伊吹の舌の動きまで思い起こしそうになって、芽依はそれを断ち切るために薄く目を開く。

剣道をしていることで普段は「強い女」だと思われ、周囲の男性から女性扱いされてこなかったような記憶がある。だけど伊吹は数少ない、自分よりも強い相手だ。

いつでも芽依が目標にしていたのは、伊吹だった。

隙のない、凛《りん》とした上段の構え。そこから繰り出される、気迫のこもった一撃。

それを竹刀で受け止めたときの、手がビリビリと痺《しび》れるような重みも忘れられない。

今、勝負してみたら、どっちが勝つのだろう。

そんなふうに考えながら、芽依はまた目を閉じた。酔いでふわふわとしてはいたが、寝つけそうにない。それは、ひどく興奮しているからだ。キスのせいで。

そのとき、伊吹が立ち上がる気配があった。グラスと、シャンパンクーラーをつかんで、隣室に向かうらしい。

「お休み」

そう言われたことで、何だか慌てた。寝室に一人で残されると思ったからだ。急いで起き上がって、聞いてみる。

「伊吹も、ここで眠るんでしょ?」

「ん?」

「ここで寝て。ちゃんと境界線、作るし」

サイドテーブルに芽依が使ったバスローブの紐が残されていたのを見つけて、芽依はそれを広いベッドの真ん中にまっすぐに伸ばす。

「はい。この境界線からでなければいいから」

伊吹は薄闇の中に立ちつくしている。それが不思議で、顔を向けると言われた。

「あんなことしたのに、……俺が怖くねえのか?」

暗闇の中で、伊吹の声が響く。

「え?」

大好きな伊吹の声の響きに気を取られて、返事が遅れた。

あんなこと、というのは、キスを指すのだろうか。

伊吹に対して、身の危険を覚えたことはない。なのに警戒しろ、と言われているようで、芽依はくすっと笑った。そこまでお姫様扱いしてくれるとは思わなかった。むしろ、襲ってほしいぐらいだ。

――伊吹なら、いいよ。

甘いキスの記憶と、はち切れそうに鳴り響いた心臓の鼓動を思い出す。あんなときめきは、伊吹が相手でないと生まれない。

「怖くないよ。……だって、伊吹だし」

何せ、幼いころから慕っていた相手だ。

それに、離れたくない。一緒にいてほしい。伊吹との時間を大切にしたい。

だが、伊吹が無言で隣室に姿を消したので、ガッカリした。それはグラスなどを置きに行っただけだったようで、その後で寝室に戻ってくる。

「だったら、ここで寝る。だけど、……悪いことはしねえから、安心して眠りな」

ベッドの片方に、境界線からだいぶ離れて、伊吹が横たわる気配があった。それから、明かりが完全に消される。

「お休み」

暗闇に溶けこむような、心地よい声だ。

芽依はそれを聞いて、目を閉じた。まだ伊吹と同じ空間にいる、という緊張感があって、鼓動が少し速い。

長い夜だった。今は何時ごろだろう。明日は寝坊してしまいそうだが、土曜日は芽依の仕事は休みだから、問題はないはずだ。

目を閉じ、しばらく寝返りを打っていたが、なかなか寝つけそうにない。だから、ずっと気になっていたことを聞いてみることにした。

こんなときでもないと、聞けない気がしたからだ。

「伊吹。……まだ、起きてる?」

「ン」

探ってみると、意外としっかりとした声で返事があった。芽依は伊吹のほうに寝返りを打って、尋ねてみる。

「私が中二のとき。いきなり、剣道教室からいなくなったよね。組を継ぐか悩んでるって言ってたけど、……そのせい?」

ずっと心の中に引っかかっていたのは、それだった。

伊吹は剣道教室で、芽依が小学生のときから指導してくれた。

剣道教室の師範はかなり年配だったから、自分の弟子に教えさせることが多かった。特に幼い子供は、骨が折れたのだろう。ちびっこは、ほとんど伊吹の担当だった。

手に負えない子供たちばかりだったが、伊吹は上手にまとめあげていた。芽依を始め、子供たちが伊吹のことを大好きだったのは、まともに正面から向き合ってくれる大人だったからだ。

どんな変化にも気づいて、こまめに声をかけてくれる。たわいもない相談にも、全力で応じてくれた。

それに、伊吹は凜としていて、強くてかっこよかった。伊吹がいなかったら、芽依は剣道にここまではまらなかったかもしれない。本気で上を目指そうとしていなかった可能性もある。

だけど、伊吹は芽依が中学二年生のときに、剣道教室から姿を消した。

芽依にとって、ショッキングな出来事があった後だ。剣道教室の帰り道で三人の不良に襲われ、廃屋に連れこまれた。伊吹が異変に気づいて駆けつけてくれなかったら、そのまま乱暴されていたかもしれない。

だけど、早々に助けられたから、芽依はショックはショックだったが、致命的な大きな傷を心身ともに負わずにすんだ。

だから、警察による事情聴取の後、芽依は伊吹を探した。それでも残る心の傷を伊吹に抱きしめてもらうことで癒やしてもらいたかったのと、ありがとう、と伝えたかったからだ。

だけど、その後伊吹に会うことはできなかった。ふっつりと姿を消したのだ。

何だか妙な胸騒ぎを覚えつつ、最初は何か用事があるだけだと自分に言い聞かせていた。だが、あまりにも姿を見せないから、師範に聞いてみたのだ。すると、「もうあいつは来ない」と言われた。

最後に挨拶《あいさつ》もなく消えられたことで、芽依は大きなショックを受けた。おかげで、その事件のショックから立ち直るためには、随分《ずいぶん》かかったような気がする。伊吹さえいてくれて、抱きしめて大丈夫だと言ってくれたら、すぐに何事もなかったように笑うことができたはずなのに。

伊吹がいなくなった理由について師範に尋ねてみたが、はぐらかされた。自分のあの事件が関係しているような気もして、ずっと引っかかっていたのだ。

だから、伊吹とまた会うことができたら、どうして剣道教室をやめたのか、どうして挨拶もなく姿を消したのか、ずっと聞きたいと思っていた。その機会が、ようやく巡ってきた。

だけど、伊吹からの返事はない。眠っていないのは、その息づかいや気配からわかった。だから伊吹が答えやすくなるように、芽依はそのときの思いを蘇《よみがえ》らせてみる。

「私、ね。伊吹のことが大好きだったんだよ。褒めてくれるのが嬉しかったし、伊吹にすごいと思ってもらいたくて、ひたすら技を磨いた。伊吹に上段の構えを教えてもらったのは、とても良かった。他の子はみんな下段の構えだったから、試合のときに、私が上段の構えをすると、びっくりするんだよね。最初のころは、面白いぐらいに勝てた。だけど、だんだん相手が強くなると、そう簡単に勝てなくなった。上段の構えだと、防御がちょっと弱くなるのと、小手を取られやすいっていう弱点があって」

上段の構えは、最初の構えの段階から大きく腕を振り上げ、自分から見て右側に少し傾ける。

堂々たる立ち姿と、高い位置から振り下ろされる竹刀の豪快な動きが魅力だ。日本では上段の構えを身につけている者は少なく、それだけで相手を威圧できる。

伊吹はこの上段の構えの名手だった。師匠も教えてくれたが、伊吹のほうがずっと詳しかった。伊吹と芽依は、始終、上段の構えの弱点の克服方法と、どうやったら勝てるか、について話したものだ。

まだまだ芽依の構えは、中二の段階では未完成だった。伊吹なしでも努力を重ねて、自分なりの完成形まで持っていったものの、それでも不完全だったという思いが消えない。ずっと伊吹と剣道をしていたかった。なのに、それを阻害したのは何だったのか。直前、芽依が不良たちに襲われたのと、何か関係があったのか。

ようやく、伊吹の返事が聞こえた。

「極道を継ぐって、決めたからだ。……そうなりゃ、カタギには関われなくなる。せめておまえには別れの挨拶をしたかったが、その前に盃《さかずき》を交わす儀式が入った。オヤジとしては、俺の気が変わらねえうちに、早々に盃を交わさせようとしたんだろうが。……だから、おまえとは、挨拶もできないまま、終わった」

たぶんそうだろう、とは思っていた。

それでもやはり、納得できない部分が残る。誰よりも礼節に厳しかった伊吹が、別れの挨拶もなしに消えるはずがない。

今、その理由を聞いても納得できない。

怖いぐらいに、不良たちを殴っていた伊吹の姿を思い出す。ぶち切れたように、暴力を剝《む》き出しにしていた。伊吹は彼らが動かなくなった後で芽依に手を伸ばし、引き起こしてくれた。それから、拳についた血に気づいて、ごしごしとシャツで拭《ぬぐ》った。

あのときの、ひどく狼狽した伊吹の顔と、恥じ入ったような態度が心に灼《や》きついている。

――だって、伊吹は私を助けてくれたのに。

その一瞬は、乱暴されそうになったショックも忘れていた。

ヒーローである伊吹が、そんな顔をするのが、芽依には不可解でたまらなかった。だけど、助けてくれたのが嬉しかった。

震えが止まらずにいた芽依を、伊吹は抱きしめてくれると思った。それを期待して手を伸ばしたのに、伊吹はどこかよそよそしく身体を離した。

それでも警察に通報した伊吹は、彼らがやってくるまで芽依に付き添ってくれた。パトカーの音が近づいてくる中で、伊吹は言った。

『知らない人が助けてくれたって、言ってくれ。俺の名前は出すな』

その後で、伊吹が泣き出しそうな顔をして、芽依に言い残した言葉を覚えている。

『ごめんな』

あれは、何の詫びだったのだろう。

助けるのが遅くなったからなのか、芽依に知らない人だったと嘘をつかせることか。

それとも、これから姿を消すことを予告していたのか。

だけど、過去の話すぎて、芽依は切り出せない。説明が難しかったし、ほんのそんな一言を、伊吹は覚えていない気がしたからだ。

伊吹に関してのいろいろなことは、芽依の心に灼きついてずっと忘れられない。こうして、伊吹の恋人役をしたことも、ずっと年を取っても覚えているのかもしれない。

伊吹がいなくなってから、芽依は胸に空白を抱えるようになった。いつでも、ここに伊吹がいたら、何て助言してくれただろうと考えた。

以前ほど練習に身が入らず、伸び悩んだ。師範や他の弟子も強かったし、いろいろ教えてくれた。だが、芽依がずっと武器にしてきた上段の構えをより研ぎ澄ます方法は、伊吹なしではどうしても見つけられなかった。

伊吹と芽依が第一の目標にしていたのは、高校のときの全国大会だ。

そこで優勝したかった。だけど、いざ王座に手がかかりかけた高校二年生のとき、芽依は転んで足首を骨折した。練習のしすぎと不注意が重なった上での事故だったが、伊吹がずっとそばにいてくれたら、そんな事故も防げたのではないかという気持ちがどこかにある。

だけど、それはやつあたりでしかない。

競技が続けられなくなったのは、芽依の不注意のせいだ。それでも、やりきれないような気持ちをずっと抱えている。

どうして伊吹がいなくなったのか。それは、自分のせいではないのか。そんなふうに、ぐるぐる何年も考えてきた。

一応の答えが得られた今でも、まだすっきりしていない。

芽依は仰向《あおむ》けに寝返りを打った。

目の上に腕を乗せたが、まだまだ眠れそうにない。

だけど、何かを言う前に、伊吹が言った。

「早く寝ろ」

声は温かく、柔らかい。

全ては過去のことだ。もう忘れろと、伊吹は伝えているのかもしれない。

——うん、……寝る。

芽依は自分に言い聞かせた。

伊吹が消えた理由について、本人に聞いたことで、胸のつかえが一つ消えた。だけど、その代わりにじわじわと湧き上がってくる思いがある。

――伊吹が好き……。

そのことが、じわりと全身に染みていく。

こんなのは初めてで、戸惑《とまど》いながらもその初めての感覚を味わうしかない。

いつでも伊吹は、芽依のそばにいてくれた。伊吹がいれば芽依は無敵になれたし、何も怖いものはなかった。あのころの伊吹に抱いていた眩《まぶ》しいほどの憧《あこが》れが、キスの感触によって新しいものへと変化していく。それが、不思議と実感できる。

伊吹が教えてくれた代わりに、芽依も一つ伝えたくなった。

「私ね。……剣道やめたこと、本当はそんなに気にしてないんだよ」

そんなふうに言えるまでには、ずいぶんかかった。

剣道を始めたのは、何げなく体験入学してみた剣道教室に伊吹がいたからだ。いい先生がいたから楽しくて通っていたものの、じきに本気になった。

ケガが原因で自分が競技を続けられないと知ったときは、思いっきり泣いた。それだけ、猛練習していたからだ。その後の数年は、大きなものを失って、気が抜けていたように思える。だけど、今はその重荷を下ろしたことで、自由になれたような気がする。

「だって、今、伊吹とこうしていられるし」

伊吹が芽依をかくまってくれるのも、おそらく剣道をやめたからだ。

まだ芽依が選手を続けていたのならば、伊吹はこうして自分の前に姿を現してくれなかっただろう。したとしても、偽の恋人役をしてくれなんて切り出さなかったに違いない。

――伊吹の恋人役ができて、……何か嬉しい。

そのことも言ってみたかったが、くすぐったくて口に出せない。

伊吹がこちらに背中を向けているのが、暗闇の中で何となくわかる。

「さっきは悪かったな。あれが初めてだとは思わなかった。好きな人はいなかったのか？」

それはキスについてに違いない。

二十三にもなって誰とも経験がないのは、伊吹という理想が近くにいたからだ。

伊吹に比べたら、大抵の男性は輝きを失う。自然と理想が高くなる。

その恨みもこめて、言ってみた。

「……いるかも」

今、伊吹に恋しているのだと実感したばかりだ。

その本人に遠回しに伝えるだけで、やたらとドキドキした。伊吹が初恋であり、それ以降は特に胸を騒がす相手には出会えなかった。

だが、その言葉に驚いたように、伊吹が身じろぎした。

「何だと？　好きな人いるのか？　付き合わないのか？」

「付き合わないよ」

「どうして？」

ぎょっとしたように尋ねられて、そのことのほうに驚いた。

「だって、その人、私のこと、……何とも思ってないから」

伊吹にそのつもりがあったら、ここで何か気づくだろうか。そして、何か言ってくれるだろうか。期待に息を詰めて、様子をうかがう。

だけど、伊吹は無言だ。僅《わず》かに混乱したような息づかいが聞こえてきた。芽依が好きなのは伊吹だと、このようなやりとりでは全く気づくことはないらしい。

芽依は静かに落ちこんだ。

──そうだよね。伊吹にとって私は、恋愛対象外。……単なるちびっこなんだよね。

女性として見てほしいという気持ちが暴走しすぎて、こんなベビードールまで着てみた。それでも、伊吹を悩殺することは不可能なのだろう。

──私はセクシーキャラじゃなくて、「つええ女」とか「怖そう」とか「健康そう」ってイメージだから。ずっと、そう言われてきたし。

芽依はぐったりとして目を閉じた。

伊吹に偽装の恋人役を頼まれたのは、おそらく安パイだからだ。間違っても、その気にならない相手。だから、後でややこしいことにもならない。そんなふうに、伊吹は考えたのだろう。

——そうかも。……そうだよね……。

先ほどのキスも、禮宮に見せつけるだけのものだ。

それでも、唇に触れてきた伊吹の唇の感触を思い出しただけで、身体中が甘く溶けていくのだった。

——寝た、か。

暗闇から伝わってくる芽依の呼吸が寝息に変わったのを確認して、伊吹ははーっと深いため息を漏らした。

いくらベッドが広いからとはいえ、同じ寝室で寝ようと誘うなんて、無防備がすぎる。しかも、あんなに可愛《かわい》らしいベビードールを身につけ、風呂あがりのふわふわとした甘い匂いをまとわせているなんて。

——死ぬだろ。興奮しすぎて、倒れるだろ？　あいつ、男はいつ狼になるのか、って、知らねえのか？

昔から芽依は無防備で、まっすぐだった。その大きな目に伊吹を移し、やたらと稽古しろとばかりせがんできた。

芽依がいたおかげで、伊吹はどれだけ救われたかわからない。思春期のあの時期に剣道教室がなければ、鬱屈《うっくつ》を抱えすぎて、ろくでもない不良コースに進んでいた可能性もある。

だが、父は仁義に厳しかった。

漢《おとこ》の道を極めろ。仁義に外れたら、極道じゃねえ。

幼いころから、そう言い聞かされてきた。

伊吹はその言葉にまるでピンとこずにいたが、あの剣道教室に入れられ、そこで剣道を通した人間教育を受けているうちに、少しずつ変わっていった。

それでも伊吹はよくケンカもしたし、仲間たちとつるんで、公言できない楽しみに興じたりもした。そんな伊吹が唯一、まっすぐ背を伸ばして臨んだのが剣道教室だった。

最初は師範に子供の教室を頼まれたことに、内心ではうんざりした。適当に相手しておけばいいんだろ、と軽く考えた。だがすぐに、それが間違いだと気づいた。

――子供というのは、驚くぐらい、こっちの本質を見てきやがる。

そこそこ世間というものが理解できてきた中高生や大人のように、態度や言葉でごまかすことができない。それこそ言行を一致させて、心でぶつかっていかないと、子供たちは戸惑い、騒ぎたてて制御が利かなくなる。

その中でも特に勘が鋭かったのが、芽依だった。そのまっすぐな眼差しの前では、どんな嘘やごまかしも通用しなかった。

だから、だんだんと伊吹も本気になった。不良仲間との付き合いも断ち切り、大会に出るのを禁じられたことで腐りかけていた気持ちを立て直した。

芽依を指導することに、精魂を傾けるようになった。

芽依には、いずれ世界を相手に戦うだろうと思わせるほどの才能があった。だから、伊吹は芽依のそばに自分がいていいのかと、だんだんと迷うようになった。極道と関係のある自分が近くにいることで、万が一にも経歴に傷をつけるようなことがあってはならない。

そんなことを考えていた矢先に起きたのが、芽依が中二のときの事件だ。

芽依にはパッと目を引くだけの存在感があった。背がすらりと高く、手足も長くて、上段の構えがよりその姿を大きく見せる。

どこか清廉な空気を漂わせていたから、そんなところが同年代の男の性的関心を引きつけたのかもしれない。

高校生の不良たちが三人、良からぬ計画を立てていた。剣道教室帰りの芽依を、路地の奥の廃屋に連れこんで、襲おうとしていたのだ。

伊吹がその計画を知ったのは、彼らが実行する前に、興奮して周囲を気にせず騒ぎたてたからだ。それを、通りすがった飲み屋の店主が耳にした。これはマズい、と思った店主は繁華街をシマにしていた七坂組にそのことを伝え、剣道少女ということでピンときたその舎弟が、伊吹に知らせた。

──剣道少女が、襲われようとしているだと？

それを聞いた瞬間、伊吹は全身から血の気が引いていくような気がした。

すぐさま七坂組の舎弟を総動員し、その周囲を探し回った。見つけたとき、芽依は廃屋に連れこまれ、乱暴される寸前だった。

芽依の制服のスカートが乱れ、そこから太腿の半ばまで見えていた。その白さを薄暗がりの中で目撃した瞬間、伊吹の中で何かが切れた。

普段はそれなりに制御して、暴力をふるうことにしている。だが、そのときだけは怒りに我を忘れた。

気づけば不良高校生三人をボコボコにしていた。

当時、伊吹は二十二歳。大学を卒業し、家業を継ぐ見習いのようなことを始めていた時期だった。組長直々に指導を受け、武道をしていたこともあって、自制心には自信があった。なのに、この事態はあり得ない。

しかも、その原因になったのは芽依だ。

自分は芽依のことについて、驚くほど自制が利かない。そのことを、嫌というほど思い知った。これが現実だった。

今は芽依を守りたいとしか思っていない。だがいずれ、芽依がもっと成長したとき、自分はこの薄汚い高校生のような欲望を、彼女に一切抱かずにいられるだろうか。先ほど見た芽依の太腿の白さが、まぶたに灼きついているというのに。

これから、芽依はどんどん成長し、綺麗《きれい》になる。彼女の眩しさが、いずれ自分の理性を揺るがすほどになったら――。

――手放せなくなる。芽依の人生をブチ壊してでも、俺のものにせずにはいられなくなる。

醜《みにく》い欲望と、かつてないほどの渇望を覚えた。

だからあのとき、芽依から離れることを決意したのだ。

芽依は伊吹にとっての大切な宝だ。それは今も変わってはいない。芽依の才能を伸ばし、世界に通用する選手にするのが、伊吹の夢でもあった。芽依はその期待に応え、ひたすら勝ち続けている。

そんな芽依を、健やかに、選手として成長させてあげたい。

今のうちなら、自分のみっともない恋心が育ちきらないうちなら、まだ間に合うはずだ。彼女に恋して、その心と身体を自分のものにしたくて、どんな汚い手を使ってでもそうしてしまいたくなる前なら、まだ間に合う。

そんなふうに、血まみれの拳を見ながら考えた。

それが、伊吹が芽依の前から姿を消した、本当の理由だ。

剣道教室の師範には、極道になるからやめる、とだけ伝えた。どこまで自分の本心を見抜かれていたのかは、定かではない。師範はただうなずき、「つらくなったら、またおいで」と言ってくれた。だけど、あれからずっと顔を出してはいない。

——今日、……尋ねられたな、芽依に。どうして、自分から離れたのか、と。

あのときの態度が不自然だったと思われているのだろうか。

だが、本当の理由など、芽依に伝えられるはずがない。

中学生の芽依を前にして、自分はいずれ本気で恋すると予感し、それに怯《おび》えて離れたなんて。今でも、そのみっともなさに赤面する。

——だけど、……ますます綺麗になってきやがる。

伊吹はベッドの中で、頭を抱えた。

芽依と再会し、ともに時間を過ごすようになって、伊吹の気持ちは抑えきれないほど毎日、ぐんぐん育っていく。

毎朝、朝食を作ってもらうたびに、その幸福に気絶しそうになるほどだ。どんな料亭の料理でも、芽依の手作り料理にはかなわない。

ふっくら炊けたご飯も、味噌汁も、あり得ないほど美味しい。芽依に選ばれて買われた、というだけで、市販の惣菜でも格段に美味しさを増す。

今後も、ずっと自分に食事を作ってもらいたい。

その言葉が、何度口から出かかったことだろう。

それほどまでに芽依のことを思っているのに、彼女が大切であればあるほど、伊吹はギクシャクとして、固まってしまう。

自分がここまで恋に臆病だとは思わなかった。

命知らずで通っているこの自分が、芽依に嫌われることに極端に怯えている。その目に嫌悪感を宿してにらみつけられたら、伊吹はこの世から自分を消してしまうほどショックを受けるかもしれない。

――それほどまでに、怖いんだ。

芽依が競技をやめた今、もはや障害は芽依の同意だけだ。

だが、それが最大の難関でもあった。

この急場に離れに住まわすにも、理由が必要だったほどだ。

今日キスしたのも、ベッドに押し倒した芽依の表情があまりにも蠱惑《こわく》的で、唇を押しつけずにはいられなかったからだ。だが、それにも『禮宮に見せつけるため』と理由をつけてしまった。

――バカか、俺は。理由をつけなければ、何一つできねえのか。しかし、その理由も使い果たしたら、どう……すんだよ、この先……。

伊吹はひたすら困惑《こんわく》している。

どんどん芽依に惹《ひ》かれている。毎日思いは膨れ上がる一方だというのに、これでは何も伝わっていない。それがもどかしくてたまらず、強引にでも進めたいのに、芽依の前に出るとすくみあがってしまうのだ。

芽依の何もかもが好みだった。一番惚《ほ》れているのは、幼いときから変わらない魂の輝きだ。

芽依と会ったことで、伊吹は救われた。まっすぐ前を見ろと、自分の生きる道をしっかり見据えろと、あの幼い子供に教わった気がする。

今は芽依に本気で恋人になってほしいのだと伝えたいのに、恋人役などという面倒なことを切り出したために、全てが誤解され、袋小路にはまっていくような感覚があった。

ベビードールを着て、ふわふわな匂いをまとわせている芽依が、すぐそばで眠っている。

なのに、指一本触れられないなんて、生殺しでしかない。

芽依がそこにいるだけで、絶え間のない誘惑が押し寄せてくる。

――だけど、ダメだ、耐えろ……！

芽依は好きな人がいるとも言ったのだ。誰だか知らないが、その男を無視して伊吹が触れるわけにはいかない。

芽依に好かれているというのに、「何とも思っていない」というのは贅沢がすぎる。そんな男など八つ裂きにしてしまいたかったが、必要以上に心がざわめかなかったのは、何となくそんな男はいないような気もしたからだ。

——何せ、芽依には男の気配がない。

それは、芽依の身辺を何かとチェックしているからわかっている。あれは、ファーストキスもまだなウブな女の、精一杯の背伸びではないのか。

そう思うと、余計に愛《いと》おしい。

思いはますます乱れて、今夜は伊吹に眠りなど訪れようはずがなかった。

〔五〕

翌朝。

船は芽依《めい》が起きたときには、横浜港に近づいていくところだった。夜が遅かったから、あまり眠った感じはないのだが、何だか目を覚ますたびに伊吹《いぶき》が起きていたような気がする。

それもあって、芽依はベッドから早々に起き上がった。

伊吹は徹夜でもしたように、少しボーッとしている。わりと神経質で、慣れないベッドでは寝つけないほうなのだろうか。

昨日、熟読した客室のサービスについての案内によれば、早朝五時から朝食のルームサービスが頼めるらしい。それもあって、芽依はもぞもぞと起き出した。だんだんと近づいてくる横浜の朝の景色を伊吹と一緒にベランダから眺めながら、ルームサービスを楽しむ。

船が接岸したときには、すっかり降りる準備はできていた。

――楽しかった……！

そんな感覚とともに、桟橋に降り立つ。

伊吹との再会がなかったら、このような豪華客船に乗る機会は一生なかったかもしれない。しかも、ラグジュアリースイートに一晩泊まらせてもらったのだ。

何もかも豪華で、上品だった。そういうものに触れられるだけでも、ありがたい。

「あ」

船から下りた後で、伊吹がスマートフォンを見てうめいた。

七坂《ななさか》組の舎弟はしっかりしていて、伊吹や芽依が予定を伝えると、その時間に合わせて車で送迎をしてくれる。下船の時間に合わせて車で迎えに来てもらう予定だったが、この付近で事故があって到着が遅れるらしい。

「タクシー使うか？」

伊吹にこともなげに尋ねられたが、芽依は首を振った。

舎弟がこちらに向かってきてくれているのだし、タクシーを使ったらいくらかかるのかわからない。せっかくだから、横浜の朝の散歩を楽しみたい。

「少し、このあたりを歩いてみない？」

朝の空気が爽やかだ。

来たときの荷物はパーティバッグ一つだったが、昨夜のドレスや靴、装飾品などを一式、袋に入れてあった。代わりに芽依が着ているのは、伊吹から差し入れされたリゾートウエアだ。裾《すそ》がひらひらとした可愛《かわい》いデザインで、普段ならあまり自分では選ばない。

「だったら、歩くか」

伊吹はぐるりと周囲を見回し、さりげなく芽依の手から荷物をつかんで歩き出した。

芽依たちが乗った豪華客船は、大きすぎてレインボーブリッジがくぐれない、という理由で、横浜港大さん橋国際客船ターミナルではなく、別の桟橋を使用している。ニュースになるような巨大豪華客船も使う桟橋であるが、普段こちらを使うのは、貨物が多いらしい。

そのために、桟橋の周囲には、巨大な倉庫や物流施設が立ち並んでいる。

そんな建物を眺めながら、芽依は足が向くままに歩いていく。伊吹はその背後から、ぶらぶらとついてきた。あまり乗り気には見えなかったので、ルートは芽依が選ぶことにする。足を向けたのは、より景色がよさそうな海沿いの道だ。

伊吹は自分の着替えまでは準備しなかったのか、パーティのときのスーツを少し着崩し、けだるげな気配を漂わせていた。朝が弱いのかもしれない。それでも伊吹の格好の良さは少しも損なわれていない。

――なのに、いつも一緒に朝ご飯を食べてくれるんだよね。

眠ることよりも、芽依との朝食の時間を大切にしてくれるのが嬉しい。昔から、宝物のように扱《あつか》われた記憶がある。

だからこそ、今でもそんなふうに扱ってもらいたい気持ちが消えないのかもしれない。

伊吹があくびをかみ殺したので、尋ねてみた。

「昨日、あまり眠れなかった？」

「いいや、とてもよく寝た。ぐっすりだ」

――え？

そんなはずはないと、芽依は首をひねる。

芽依も飲みすぎたからか、少し眠りが浅くて、何度も目が覚めた。そのたびに伊吹が寝返りを打って、起きているような気配が伝わってきた。あれが、ぐっすりだったなんて思えない。

――何で、嘘つくの？

引っかかりながらも、芽依は周囲を見回した。この桟橋があるところは島になっていて、徒歩ではなく車でなくては出られないのかもしれない。

そろそろ引き返そうと、別の道を選んだとき、フェンスの向こうに意識が引きつけられた。土曜日の朝早くということもあって、歩いている人はほとんどいない。

だが、フェンスの中の倉庫の敷地を歩いていく男に、見覚えがあるような気がした。作業着ではなく、スーツを着ている。どこかカタギではないような雰囲気があった。

何となく、目で追いかけた。すぐには思い出せなかったが、記憶が蘇《よみがえ》った途端、伊吹のほうを振り向いた。

――七坂組の、舎弟だわ。タクとかっていう……。

剣道教室に出た伊吹は舎弟に車で送り迎えされることがあり、そのときに見た顔だった。運転手はだいたい決まっていたが、たまに代わることもあった。その運転手の一人が、タクだったのだ。

何で七坂組の舎弟が、横浜の倉庫街にいるのだろうか。不思議に思って、芽依は口を開いた。

「ここにも、組のシマがあるの？」

「ん？」

「舎弟の人がいるでしょ。……タクって人」

言いながら、その男がいたほうを指し示す。だが、すでにタクは倉庫の屋外に立ち並ぶコンテナの向こうに姿を消していた。

伊吹の目がすうっと細くなる。どこかひどく警戒したような顔だ。獲物を見つけたかのように、伊吹の気配も引きしまった。

「間違いなく、タクだったか？」

「うん」

「芽依は、ここにいろ」

そう言い残して、伊吹は地面に荷物を置き、フェンスの破れたところを探して素早くそこをくぐり抜けた。

倉庫の敷地内を横断していく伊吹の姿が見える。ここにいろとは言われたものの、そんな伊吹を見ていると、芽依はじっとしていられなかった。

芽依も同じフェンスの破れから倉庫の敷地内に入りこみ、伊吹の後を追う。

伊吹の動きはとても素早く、その姿を見失わないだけでやっとだった。敷地内には巨大な倉庫がいくつか立ち並び、空《あ》いた空間には鋼鉄製の大きなコンテナがところ狭しと並べられている。地面に転がる鉄骨や鉄パイプなどに足を取られないようにしながら、芽依は早足で歩いた。

コンテナの陰に隠れて向こうをうかがっている伊吹に追いついたとき、気配で気づかれたのか、振り返らないまま、軽く手を上げて制止された。

「これ以上進むな。待ってろ」

さすがに二度目は逆らえない。緊張した口調でもあった。

芽依をその場に残して、伊吹は一人で倉庫に近づいていく。横開きの引き戸から中をうかがった伊吹の姿が、すっとその中に消えた。

——どういうこと？

この場所にタクがいるのは、そんなにも不審なことなのだろうか。だから、わざわざ伊吹がその行動を確認しているのか。

何だか、良くない予感がした。

じっとしていられなくて、芽依は周囲をうかがった。

しばらくすると、倉庫の向こうから車が走り出した。極道が使うもののような、黒塗りのスモークガラスの車だ。その車がこちらのほうに走ってきたので、芽依は慌《あわ》ててコンテナの陰に隠れた。車は門を抜け、通りに消える。

しばらくして、伊吹が戻ってきた。

何でもないように、言われる。

「戻るぞ」

何が起きているのかわからないまま、芽依たちは来たのと同じルートで、倉庫の敷地から出た。フェンスの破れから外に出ると、伊吹は置いてあった荷物をつかむ。

並んで歩き出したが、伊吹は何も言わない。

だけど、その横顔が少し強《こわ》ばっているように思えた。だから、しばらく歩いた後で、芽依は聞かずにはいられなかった。

「今のは何？　タクは、七坂組の人だよね？　何か良からぬ取引をしてるの？」

ここは横浜だ。国際港であり、いろいろなものが海を渡ってやってくる。このあたりに積まれているコンテナは、税関を通過したものだろう。タクの行動は七坂組の了承を得ていたものではないのか。

――ってことは、非合法の取引とか？

「麻薬？」

伊吹が何も言わないので、カマをかけるつもりで切りこんだ。

伊吹はチッと舌打ちを漏らした。何かごまかそうとするかのように口を開きかけたが、しかたなさそうに言ってくる。

「うちは、クスリは絶対に扱わねえ。任侠の道から外れる」

七坂組は、今どき時代錯誤だと言われるほど、任侠路線を貫いているようだ。クスリは御法度《ごはっと》だし、カタギに迷惑をかけない、というのが基本方針だと聞いていた。

「だったら、タクは何の取引でここに？　取引だよね？」

確認するように言うと、またしても伊吹はチッと舌打ちをした。

「見なかったことにしろ。大丈夫だ。このまま、見逃すことはしねえ」

それから、伊吹はだんまりだ。

だけど、あんなものを見てしまったからには、気になる。何か自分も良くないものに関わってしまったような気がするからだ。

戻った道は間違っていなかったらしく、しばらくすると出発点の豪華客船が見えてきた。近づくにつれて、その近くに七坂組の車が停まっているのも見えた。そこに向かって歩きながら、芽依は念を押してみる。

「わかった。だけど、その後の状況について、知らせて」

こうして再会したことで、伊吹のことが気になっている。扱わないとは言ったが、七坂組がどれだけ麻薬に汚染されているのかも、気になる。

表向き、禁じられているだけなのか。それとも、真に禁じられているのか。伊吹の身に危険が迫ることがないのか。

伊吹が車の後部座席のドアを開きながら、言った。

「わかった。良くないものを見られたからには、経過はたまに知らせる」

〔六〕

それから、三日後の水曜日。

芽依《めい》は夕食にビーフシチューを作った。鍋いっぱいに作ったので、今日は組事務所で仕事をしているらしき伊吹《いぶき》にメッセージを送り、食べるかどうか聞いてみる。

『シチューか。いいな』

そんな返事があって、五分後にいそいそと伊吹がやってきた。

皿にたっぷりよそって、差し出す。伊吹は芽依の手料理の誘いには、他に用事がないかぎり応じてくれる。いつでもとても美味しそうに食べてくれるから、作りがいがあった。

それを食べ終わるころに、伊吹のスマートフォンが鳴った。

「ん？　ああ、そうだ。離れに。……わかった。話を聞く」

伊吹は通話を切って、残りを急いで口に詰めこんだ。それから、ごちそうさま、と手を合わせて言ってくれてから席を立つ。

だが、そのときにはすでに舎弟が離れの玄関のところまで来ていた。緊急の案件らしく、そこでぼそぼそ立ち話をしているのが聞こえてくる。

——何かな。仕事の話かな？

仕事に介入するつもりはなかったが、皿を下げようとしていた芽依の耳に「タク」という単語が聞こえた。タクというのは、先日、横浜の倉庫で見かけた舎弟だ。何か進展があったのだろうか。

盗み聞きするつもりはなかったのだが、玄関の前で話しているから、そこに近づけば二人の話はよく聞こえた。伊吹は声を抑えていたものの、報告している舎弟は早口で、声が大きかったからだ。

まとめての報告らしく、概要はわりと簡単に把握できた。

タクが扱《あつか》っているのは、『フライ』と呼ばれる合成麻薬のようだ。それを使うと、とてもセックスが良くなるので、風俗店などで男女問わずに利用されているらしい。

タクがそれを卸している店も何件か、確認できたそうだ。

タクの行方は見失ったが、今日あたり、タクがそのクスリを卸しに行く店が絞りこめている。なので、そこに潜入して、直接、卸している現場を押さえたらどうだろう、という提案だった。現場さえ押さえてしまえば、タクは言い逃れできない。

——ってことは、横浜では取引の現場をしっかり目撃できてなかったってことよね？

伊吹があの倉庫に踏みこんで数分後に、車が倉庫から出てきた。その車にタクが乗っていたのだとしたら、取引はすでに終了していたということになる。

――でもって、タクの身柄も押さえられていない、ってことなのね。

芽依はタクのことを今でも七坂《ななさか》組の舎弟だと思っていたが、どうやら数年前にヘマをして、舎弟から格下げされているらしい。今はちょっと関わっている程度だそうだが、そうであってもシマ内で麻薬の扱いは御法度《ごはっと》のようだ。

――厳しいのね。

そのことにホッとした。

玄関のドア越しに、伊吹がその舎弟に言うのが聞こえてくる。

「わかった。だったら、今日、俺が直接その店に潜入する」

「若頭が？　だったら、女も必要ですよ。その店は今どき珍しいカップル喫茶で、座席で男女がいちゃつくところです。女連れていかないと、サマになりませんから」

「だったら、どこかの店のママにでも頼むか」

それを聞いた途端に、芽依はドアに手をかけ、カラリと開け放しながら言った。

「私が行く！」

「やめとけ」

伊吹は振り返ることもなく、言下に否定する。

芽依が現れたことに動揺しなかったのを見ると、立ち聞きしていたのを察していたのかもしれない。経過はたまに知らせる、と言っていたから、それも兼ねていたのだろう。

ようやく伊吹は振り返ったが、その眼差しは冷ややかで、表情にも驚くほど感情が乗っていない。伊吹がこんな顔もできることに驚いた。

だけど、ここで引きたくはなかった。そもそもこの件の発端となるタクを、最初に横浜の倉庫で目撃したのは芽依なのだし、伊吹のこともっと知っておきたい。

恋人役は終わってしまったし、ここにいるのを許された一ヶ月という期間も、日一日と終わりに近づきつつある。

一緒に過ごせる期間、伊吹のことをできるだけ理解しておきたい。

――何より、組の稼業のことも。

そうでなければ、この恋心を抱いていていいのか、自信が持てない。

そのとき、舎弟のスマートフォンが鳴った。

伊吹に断ってそれに応じた舎弟が、通話を切ってから言ってくる。

「すでに、タクの姿が繁華街で目撃されたそうです。何時ぐらいにクスリを卸すのかわかりませんが、すぐさまその店に向かったほうが」

それを聞いて、伊吹が心底不本意そうにつぶやいた。

「だとよ。どっかのママに頼んでいる時間はねえ。仕方ねえが、芽依、付き合ってもらえるか」

「もちろんよ！」

思わぬ風向きに、芽依は目を輝かせた。

もともと活発で、身体を動かすのは得意だ。棒のようなものさえあれば、腕っ節にも自信がある。

――だけど、カップル喫茶、って言ってた？

それがどういうものなのか、芽依はまるでわかっていない。

普通の喫茶店とは違うのだろうか。

「どんな格好でいけばいい？　この格好でいいの？」

聞くと、伊吹は芽依の肩から足元まで、視線を移動させた。仕事帰りでそのままエプロンをして、ビーフシチューの仕上げをしていた。メイクも落としていない。

「黒のタイトスカートの上下に、白のブラウスか。まぁ、これでいいんじゃないか？」

そう言って、伊吹は急いだ様子で渡り廊下を歩いていく。着替えは必要ないらしいので、芽依もバッグをつかんでその後を追った。

本陣の母屋の玄関までたどり着くと、伊吹が言った。

「靴もいつものローヒールでいい」

「わかったわ」

伊吹はいつものガラの悪いスーツ姿だったが、車内でシャツとネクタイを変えた。白のワイシャツに、ブルーのチェックのネクタイだ。

スーツはダブルのままだったが、下に着ているものが変わると、ちょっとやんちゃなサラリーマンぐらいになる。目つきの鋭さは変わらないが。

——普通の格好もできるのね。

豪華客船でのスーツ姿を思い出す。あのときの伊吹は、どこぞの王子様のようだった。

車が向かっているのは、新宿方面のようだ。

ラブホテルが並ぶ一角と、飲み屋街との境目あたり。そこで、二人は車から降りる。国道沿いの古いビルの地下に、その喫茶店はあった。

入り口には大きく『カップル喫茶』という看板が掲げられている。『男女同伴でないと、入店できません』という注意書きがあり、外から店内は見えない。どこかあやしげな風俗っぽさがあるから、客はここが普通の喫茶店ではないと気づくはずだ。

伊吹はためらいなく、分厚い木のドアを押し開けた。芽依もその後について、店内に入りこむ。

——カップル喫茶って、初めて……。

入ってすぐのところに、フロントがあった。

室内はそこそこの広さがあったが、やけに薄暗い。

天井から薄い布が下がっていて、ボックスとボックスの間が区切られている。その布がやけに透けていて、布越しに抱き合っているカップルのシルエットが透けて見えた。

フロントに二人で近づくと、そこに立っていた従業員が、ボードを提示して料金や時間を説明し始める。それを無視して、伊吹が顎《あご》をしゃくった。

「あの一番奥の席にしろ」

「申し訳ありませんが、席の指定はお受けしておりません」

「いいだろ。あの席が、一番興奮するんだよ」

言いながら伊吹は従業員の手に、慣れた仕草で何かを握らせた。従業員がチラッとそれを確認した途端、表情が引きしまった。

すぐにボードを引っこめて、二人の前に立つ。

「お席までご案内いたします」

通されたのは、伊吹が指定した通りの一番奥の席だ。

コの字形になったソファに伊吹と芽依が腰を下ろすと、飲み物を聞いてくる。

芽依はコーヒーを、伊吹はアイスコーヒーを頼んだ。

それが出てくるまでの間、芽依は落ち着かなくて、自分たちが通されたボックス内を見回した。

広さはファミレスのファミリー席ぐらいだ。薄暗い店内にはそこそこの音量でムード歌謡が流れている。その声に紛れて女性のあえぎ声や、睦言《むつごと》めいたささやきが聞こえてきた。

——何だか、エロい店だわ。

こんなところに、ファーストキスを履修したばかりの自分が踏みこんでいいものだろうか。

各席は薄い布で区切られているのだが、その中でセックスや、きわどい行為が行われているのが察せられて、芽依はごくりと息を呑《の》んだ。

どういうところだかわからずに同行を申しこんだが、このカップル喫茶というのはかなりいかがわしい場所ではないのか。

すぐにコーヒーが運ばれてきた。飲物に口をつけて冷静になろうとしながら、芽依は伊吹に小声で尋ねてみた。

「ここって、……ラブホテル代わりに使う人がいるの？」

「そうだな。ここのほうが安上がりでもあるし、見られると興奮するってやつもいる」

伊吹は芽依が座るソファとは、九十度の角度に配置されたソファに座っていた。芽依とは距離を詰めようとはせず、どっかりと背をもたれかからせたまま、室内に視線を流した。

ここから見ると、どうしてこの一番奥の席を伊吹が指定したのか、芽依にもわかる気がした。

すぐそばに従業員出入り口があったからだ。先ほど従業員にそっと渡したのは、賄賂《わいろ》のようなものだろう。

まだコーヒーを飲みきらないうちに、近くの席に客が入ってくる。飲物が来るのも待たずに、すぐさま淫らなことを始めたのがその気配から伝わってきて、芽依は狼狽《ろうばい》した。

伊吹は動じることなくコーヒーを飲んでいたが、十分ほど経ったときに、言ってくる。

「そろそろ、偽装しようか」

「偽装？」

「ああ。何もしなくてもかまわねえかと思っていたが、ここは従業員からもよく見えるからな。不審に思われないためには、それっぽくやっておかねえと」

伊吹の表情は、いつになく固まっている。緊張しているのか、不機嫌なのか、区別ができない。

「……そ、……そうね」

芽依はそう言われて、緊張した。周囲の席では、盛んにお触りが行われているようだ。自分から希望して連れてきてもらったのだから、協力しなければならないだろう。

――それに、……伊吹が相手なら、……いい……よね。

覚悟を決めても、どくんどくんと鼓動がせりあがってくる。

豪華客船でベッドに押しつけられ、キスされたときのことを思い出す。あれから、何度もあの甘すぎるキスのことを思い出した。今日もまた、キスするのだろうか。

「どう……すれば……いい？」

「ここに膝をついて、俺をまたいでくれるか」

伊吹は自分の座っているソファの左右を指し示した。芽依は靴を脱いで、伊吹のいるソファへと移動した。

膝立ちになって、ソファに座った伊吹の太腿を挟みこむ形に足を開く。タイトスカートだから、そんなに足を開くと、布が張りつめて少しずり上がる。

太腿が半分ぐらいまで見えてしまうのを気にしていると、腰の後ろに伊吹の腕が回されてきた。

「……っ」

ぎゅっと抱きしめられ、胸の下に伊吹の顔が埋まる。その高い鼻を腹のあたりで直接感じ取って、落ち着かなくなった。

――えっ、……ええ、……えっと……。

だけど、カップル喫茶だから、これくらい密着していないと不自然かもしれない。抱き合っているだけで、ますます鼓動が乱れていく。こんなにもドキドキしているのを、伊吹に気づかれて、不審に思われないだろうか。

――おかしく、……なりそう……。

全身がガチガチになって、小刻みに震《ふる》えてくる。

それでも、伊吹は芽依の腰の後ろに回した腕を緩めることはなかった。

――すぐそこに、……魅惑の膨らみが。

一方、伊吹のほうも感動に打ち震えていた。

昔から惚《ほ》れていた少女が成長し、こんなにも大人の身体になって、密着しているのだ。

顔を少しでも動かせば埋まるほど近くに、芽依の胸がある。

その柔《やわ》らかな膨らみに顔を押しつけて、思いきり深呼吸したくてたまらない。だが、そんなことをしたら、今後、自分たちの関係に深刻な亀裂が入る可能性がある。

――あくまでも、偽装なんだ。俺たちの関係は。

本気で恋人になってもらいたいのだが、最初のボタンを掛け違えた。

もはや、ストレートに言葉に出せない。伊吹が芽依に了承してもらったのはあくまでも偽の恋人役であり、ここに同行してもらったのも、他に頼む時間の余裕がなかったからだ。

そんなふうに懸命に自分を落ち着かせようとしながらも、脳がかーっと熱くなっていくのは、すぐそばに芽依の身体があるからだ。

やはり、胸に顔を埋めたい。その夢を果たせたら、後はもうどうなってもかまわない。

だが、ひとときの快楽のために芽依を永遠に失ってしまうことを想像するとそこまでの蛮行《ばんこう》には走れず、伊吹の心は千々《ちぢ》に乱れた。

それでも、最終的には欲望のほうが理性も何もかも押し流す。極道として鍛え抜いてきたはずの自制心など、芽依の身体から漂う匂いと胸の膨らみの前では何の力も持たない。

伊吹は上擦りそうな声を、懸命に冷静に響くように努力しながら言った。

「もう少し、……腰を下ろしてくれるか。俺の膝に、……完全に下ろしちまってもいい」

芽依のほうが身体の位置をずらしてくれたら、もう顔は埋め放題だ。

だが、伊吹は少し腰を引いて、絶対に伊吹の伊吹が芽依に当たらないようにもする。そんな準備はしてみたが、芽依の太腿が自分の太腿を挟みこみ、さらにしっとりと重みがかかっただけで、イきそうになった。

「……っ」

動揺を懸命に押し殺す。

――落ち着け……！

これは、単なる潜入捜査だ。カップル喫茶でいちゃつく客を装い、この店にタクがやってくるのを待っている。なのに、そんな名目など吹き飛んで、膝の上にある芽依の尊い身体の感触だけが全てとなっていた。

膝を下ろしたことで、芽依のタイトスカートがさらにまくれあがり、あと少しで下着が見えそうだった。そんな光景にも、ひどく興奮する。鼻の奥がつぅんとした。

芽依の、形のいい胸がすぐそこにある。鼻のてっぺんがあと少しで触れてしまいそうだ。じりじりとそこに引き寄せられていくのを抑えるべく、伊吹は視線を胸から上に移動させた。

すると、芽依がこちらを見下ろしている顔が目に飛びこんでくる。どこか怪訝《けげん》そうだ。自分が鼻の下を伸ばして、その胸を凝視していたのを知られたかもしれないと思って、焦《あせ》りに喉がごくりと鳴った。

だが、気になったのは芽依のその表情だ。

いつもはキリッとクールでいることが多い。だけど、今は芽依の目がいつもよりも潤んで、発情したかのように頬が赤らんでいる。

——いや、そんなふうに見えるのは、俺の目の錯覚か？

吸い寄せられるように、顔をのぞきこんでしまう。

伊吹からはこれ以上首を伸ばせなかったから、手を伸ばして芽依の頬を包みこんだ。触れてしまうと抑えが利かず、すべすべで気持ちのいい頬を撫《な》で、自分のほうに引き寄せるようにしてしまう。

芽依の顔との距離が近づいていく。

芽依の吐息を感じた。拒むのなら今すぐしてくれないと、またキスをしてしまう。

なのに、芽依は目を閉じ、伊吹に全てを委ねるような顔をした。まぶたが小刻みに震えていた。

キスをするなら、今しかない。

「失礼いたします」

だが、声がすぐそばで聞こえて、伊吹は飛び上がった。

焦ってそちらを向くと、従業員が小さな冷茶グラスのようなものを運んできて、テーブルに置いているところだった。いいところだったのに邪魔をするなと、伊吹は心の中で叫んだ。

「こちら、サービスですので」

――サービス……？

そんなサービスがついているとは知らなかった。だが、いちゃついているところを従業員に見せることができた。これで、疑われることはないだろう。

芽依は身体から力を抜いて、その身を伊吹に委ねてくる。

従業員という他人が現れたことで、伊吹も客観的な視線を取り戻せた。もっといちゃついているところを見せつけようと思って、芽依の腰の後ろに回していた腕に力をこめる。

すると、思っていたよりもその身体はたやすく伊吹のほうに引き寄せられた。

伊吹の顔は、気づけば芽依の胸に埋まっていた。

「……っ」

ずっと待ち望んでいた天国が、思わぬタイミングで訪れる。

柔らかな二つの胸の感触を顔面で感じ取ったその瞬間、伊吹の頭は真っ白になった。

芽依も驚いたらしく、慌《あわ》てて上体を引こうとしたらしいが、伊吹の手はしっかりと芽依の腰を抱えこみ、緩むことはない。何も考えることができなくても、それだけはできた。おそらく、本能的な動きだ。

それどころか、さらに伊吹はその胸の柔らかさを堪能すべく、そっと顔を引いて、また同じ位置まで押しつけた。

——っ……！　……最高だ……！

極道となってから、いい思いも嫌な思いもした。だが、これは今まで生きていてよかったと、心から実感できる最高のひとときだ。

たまらない柔らかさと、ぬくもりがあった。いい匂いもする。伊吹は深々と息を吸いこんだ。しかも、芽依の腰に回した腕のおかげで、その身体の感触を全身で感じ取っているのだ。

たっぷりと最高の弾力を確認してから、伊吹はさすがに心配になって、芽依の顔を見上げた。だが、頬を膨らみから離せない。

芽依の顔は真っ赤だった。いきなり胸に顔を埋められたから、狼狽のあまり動けないのかもしれない。

完全に、この胸の柔らかさの虜《とりこ》になっていた伊吹だったが、よく回る頭の片隅が不意に機能して、芽依に合図を送った。視線でまだ従業員がいることを伝え、「このまま」でいろ、と芽依に目配せを送る。

従業員はテーブルの上にサービスのお茶を二つ置き、こちらをちらっと眺めたようだ。

「ごゆっくり」とだけ言い残して従業員は出て行く。薄布の向こうにその姿が消えたことで、芽依の身体から力が抜ける。これで、抱擁《ほうよう》も終わりになると思っていたらしい。

だが、伊吹の腕は緩まない。こんなに柔らかで蠱惑《こわく》的な存在を腕に抱いた状態で、この誘惑を断ち切れるはずがない。

「このまま、いちゃついていてくれるか？」

冷静を装いながらも、うめくように言っていた。

それなりに発声したつもりだったが、頭が灼《や》きついたように熱くなっていたから、どこまでちゃんとできていたのか定かではない。

小さく、芽依がうなずいた。

その頰は真っ赤で、身体はかすかに震えているようにも思えた。大切な胸に男の無骨な顔が埋まっているのだから、必要以上に意識しているのかもしれない。

愛《いと》しくてたまらないこの小鳥を、傷つかないうちに解放してやりたい。そんなふうに思うのに、身体は動かずその膨らみに顔を押しつけているのだから、どうにもならない。

──は……っ、最高……。

気が遠くなるような感触に身を委ねていると、芽依が大きく身じろいだのがわかった。

耐えかねたように言われたが、そのときには伊吹の手は、スーツの上着のボタンを外し、ブラウス越しに芽依の胸を片方、すっぽりと包みこんでいた。

「くすぐったい」

てのひらに少しあまるぐらいの最高のボリュームだ。最初はただ触れているだけで満足していたが、もっとその感触を味わいたくて、そっと揉《も》む。

それだけで、びくんと芽依の身体が跳ね上がった。

「ッン！」

そのときに漏れた芽依の声の甘さが伊吹の全身に響く。だが、驚いたのは、伊吹だけではなかったらしい。芽依もまぶたを見開き、困惑《こんわく》したようにすぐに伏せる。

好きな子を追い詰め、困らせている。それがわかっていても、反応の可愛《かわい》らしさに我を忘れて、その身体から手を離せない。

もしかして、今、すごく甘い声が漏れたのは、思いがけず伊吹の指が感じるところをかすめたからではないのか。たとえば、乳首などを。

てのひらに全意識が集中した。

伊吹の手と芽依の胸との間には、ブラウスとブラという邪魔なものがある。その二枚の

布地越しに乳首の存在を探りあてようと、伊吹のてのひらの感覚は極限まで研ぎ澄まされた。

わさわさと胸に触れながら、伊吹は耳元でからかうように声を出した。

「そうだ、その調子。……エロい声を出して」

これは、あくまでも演技であり、カップル喫茶でいちゃついている二人を装っているだけだ。そんなポーズを崩さないことが、唯一伊吹に許された言い訳だった。

伊吹は大きく手を開き、その胸元をまさぐっていく。

「……っ」

芽依から漏れる息に声が混じり、肌がますます汗ばんでいくような気がした。

胸をまさぐるてのひらに集中しながらも、伊吹の意識は芽依の首筋に埋まっている唇にも向いている。柔らかな皮膚にそっと唇を押しつけるたびに、芽依の身体がぞくっとしたように震えるのが、可愛らしすぎた。

もっとその肌に触れたい。

二人の間を遮《さえぎ》る服を脱がして、柔らかな身体に直接触れたい。

そんな欲望が極限まで高まったのだが、一線を越える前に、テーブルに置いてあった伊吹のスマートフォンが、メッセージを受信した合図に光った。

それを見て、伊吹はハッと我に返る。

慌てて芽依を膝から降ろし、スマートフォンを引き寄せてメッセージを読んだ。

タクが今、店の前で車から降りた、という舎弟からの知らせだ。すぐに従業員通路に忍びこみ、タクがクスリをこの店の従業員に渡している現場を押さえなければならない。

全身がひどく熱くなっていた。芽依と密着していたから、どうしようもなく興奮している。それでも、その熱を振り切るようにしながら、芽依にささやいた。

「ちょっと、席を外す」

自分でも、ここまで我を忘れるとは思っていなかった。

芽依に膝に座ってもらったときから、何かに取り憑《つ》かれたように頭が働かなくなっていたのだ。

ぎくしゃくしながらも立ち上がり、伊吹は従業員通路に向けて歩き出す。そんな伊吹を見て、芽依も慌てたように立ち上がろうとする。だが、それを伊吹は制止した。

「ここで、待っていてくれ」

芽依は思っていたよりも、あっさりと座りこんだ。

「わかった」

まだ顔が真っ赤だ。

そんな芽依の姿をじっくりと堪能できないのが残念だ。

だが、伊吹は無念の気持ちを振り切って、従業員通路に姿を消した。

芽依の高まりきった鼓動は、なかなか元には戻らなかった。

——何だったんだろう……。

困惑と興奮と快感の余韻が、芽依の全身にはびっしり詰めこまれている。

伊吹に胸元に顔を押しつけられ、そっとてのひらで胸をまさぐられた感覚が、いつまでも消えてくれない。

首筋の敏感な皮膚に、唇をつけられた感触も残っている。

自分の肌が驚くほど研ぎ澄まされ、やわに感じられた。いつ歯を立てられ、薄い皮膚を破られるかわからない。そんな緊張に張りつめていたから、伊吹の舌が皮膚をなぞるだけで、電流が走ってでもいるようにピリピリした。

ただ膝の上で抱かれていただけなのに、どうして身体がこれほどまでに熱くなってしまったのかわからない。全身から力が抜けて、伊吹のなすがままだった。

——怖かった。……けど、……すごく、……気持ちよかった。

大好きな人と、恋人の偽装とはいえ、抱き合うことができた。

伊吹は従業員通路の中に消えたままだ。ここの店にタクがクスリを卸しているそうで、その現場を押さえると言っていた。うまくいくのだろうか。

芽依もそれを手伝いたかったが、ここまで身体の力が抜けていると、まともに歩けそうもない。とにかく自分を落ち着かせようとしながら、大きく深呼吸する。

それでも、伊吹の大きなてのひらの感触がまだ胸に残っている。抱きすくめられたときの腕の力の強さや、そうされたときの安堵《あんど》感のようなものも蘇《よみがえ》る。

とにかく何もかも刺激が強すぎたから、放心してしまう。

芽依は喉の渇きを覚えて、テーブルの上の飲物に手を伸ばした。コーヒーは飲み終えていたから、冷茶のグラスをつかんだ。サービスと言われて、後から運ばれてきた品だ。

ガラスの器の中に入ったその液体は、紫色で透き通っていた。

ハーブティの類《たぐい》だろうか。飲んでみると、レモンのような味がする。喉が渇いていたから、そのままごくごくと一気に飲んだ。

「は……」

それでも、頰の火照《ほて》りすら治まらない。

伊吹の大きなてのひらで、胸を触られたときの感覚がいつまでも消えず、ブラの中で乳首がジンジンと疼《うず》き続ける。

軽く揉まれただけで、そこから広がる快感に膝が崩れそうになった。伊吹の顔が胸に埋まったときには、緊張と興奮のあまり、このまま死んでしまうのではないかと思った。

芽依がこの役を引き受けなかったら、伊吹はここで水商売のママとあんなふうにいちゃついていたのだろうか。それを思うと、すごく緊張したけど、この役をもぎ取って良かったと思う。

だけど、果たしてこれで良かったのだろうか。

頭がボーッとしていて、なかなかいつものように考えられない。

伊吹の手の感触が、いつまでも消えない。


タクを繁華街で発見したものの、その場で組事務所に連れていっても、証拠がなければクスリの取引についてはごまかすに決まっている。だから、カップル喫茶で現物を取引している現場を押さえる必要がある。

舎弟と打ち合わせて、そんな手はずになっていた。

伊吹は従業員通路に入っていき、店長相手にクスリを卸しているタクを発見した。その現場を押さえて、動かぬ証拠を前に尋問した。

すぐには口を割ろうとしなかったが、容赦なく二、三発ぶん殴ると、タクは観念して口を開いた。

「やりました」

伊吹はスマートフォンで舎弟を店内まで呼び、タクを引き渡す。このまま組事務所に連れていき、そのクスリの輸入ルートや、売りさばき先を一切合切《いっさいがっさい》吐かせる必要があった。仲間がいないかも、調べなければならない。七坂組のシマでは、クスリは扱わせない。そのために、タクが作り上げたルートを完全に潰す必要があった。

タクを引き渡した後で、伊吹は震え上がっていた店長の前で椅子を前後逆にして座り、背もたれに顎を乗せて、事情を聞き出した。

数ヶ月前から週に一度、タクからクスリを仕入れていたそうだ。タクが直々に売りこんだクスリを実際に試してみたら、セックスが異様に良くなったからだ。

だから、店の常連を中心に売りさばくことになった。最近、カップル喫茶は売り上げが落ちていたから、その稼ぎは助けになった。仕入れ値の何十倍かで売れる薬物は実入りが良く、そのクスリが入手できるとあって、口コミで客の数も増えていたらしい。

そこまで猫撫で声で聞き出した伊吹は、不意にがらりと雰囲気を変え、店長の襟元《えりもと》をひっつかんで脅《おど》した。

「いいか。今後一切、クスリは扱うな。ここはうちのシマだ。素人がふざけたことをするんじゃねえ。今後、定期的に確認にくるからな」

それから伊吹は、店内にある薬物の残りを回収することにした。だが、そのときに、伊吹はふと気づいた。

――ん？

クスリは市販薬のように、プラスチックとアルミで挟んだ個別のパッケージに入れられている。それが束にして置かれていた横に、冷茶のグラスが重ねられていたからだ。あれは先ほど、従業員が「サービスです」と置いていったグラスではないのか。

「おい」

伊吹は店長の胸元を再びつかんで、詰問《きつもん》した。

「クスリは、どうやって飲ませるんだ？」

「水に溶けるタイプなんですよ。ですから注文があると、乳鉢ですりつぶして、あのグラスに注いで――」

そこまで聞いたところで、伊吹は急いで席に引き返した。自分がいない間に、芽依が飲んでいないか、心配になったからだ。

――サービスって、言ってたな。

伊吹は従業員通路から一番近い奥の席にしてもらうために、入店のときに従業員に金を渡した。

もしかしたら、その金はクスリを買うための金だと誤解されたのかもしれない。もしくは金を渡したために、余計なサービスまでついてきたのか。

大急ぎで芽依のところに戻り、薄いカーテンを開く。バックヤードでの騒ぎは、客席まで聞こえていなかったようだ。店内はとても薄暗かったが、芽依の表情を見定めることぐらいはできる。

まずは、芽依の顔を凝視した。先ほど別れたときは、真っ赤な顔をしていた。伊吹がその身体に触れたからだ。

だけど、今はそのときよりも目がトロンとしていて、呼吸が速くなっていた。吐き出す息が熱い。

テーブルに視線を向けると、芽依の前の冷茶グラスが完全に空《あ》いていた。

「飲んだのか？」

ぎょっとして尋ねる。

クスリで身を持ち崩したヤクザもカタギも、大勢見てきた。組で禁じられているというだけではなく、あれは良くないものだという認識がある。身も心も完全に壊してしまう。

よっぽど必死の形相《ぎょうそう》をしていたのか、芽依も慌てた顔をした。

「飲んだ……けど」

その返事に、ぞくっと身のうちが震える。

すぐさま芽依の手首をつかみ、後のことは舎弟に任せて、芽依を引きずるように店から出た。

外で待っていた車に芽依と一緒に乗りこんでから、スマートフォンで電話をかける。相手は薬物治療に詳しい医師だ。

「――フライ、っていうクスリのことなんだけどよ」

焦りながら、その効果や副作用について、一通り聞き出す。タクがそれを扱っていると聞いたときにも、別の舎弟からその中身について聞いてはいた。

だが、芽依がそれを摂取したとあらば、より詳細に聞いておかなければならない。後々の副作用まで、気になった。

芽依に関しては、やたらと過保護だという自覚がある。

芽依が幼いころから、ずっと守ってきた。

芽依の前から姿を消してからも、その住まいのあたりは定期的にパトロールするように舎弟に言いつけてあったし、義父の仕事にも注意してきた。

芽依の母親の容態が悪化したときには人知れず手を回して、その病気に一番いいとされるところに転院できるように、取り計らってもきた。

その大切な芽依が、ろくでもないクスリを摂取してしまった。どうしてテーブルに出されたときに、クスリが混ぜられているという可能性について考えが及ばなかったかと、後悔ばかりが押し寄せてくる。

ぎゅっと、拳を握りしめた。その横で、芽依の呼吸が乱れていく。

『だけどそれはね。あまりタチが悪いクスリじゃないんだ。催淫効果としては、かなりの効き目がある。今まで媚薬《びやく》と言っても覚醒剤クラスじゃないと、「気のせい」程度だったはずだけど、それはめちゃめちゃ濡れる』

「ん？」

『男だったら、ギンギンになって、朝まで勃起が治まらなくなるほどだ。そのくせすっと抜けて、肉体的な依存性もないんだ。あまりにセックスが悦《よ》くなるから、そういう意味での精神的な依存性はあるようだけど』

「だったら、間違えて摂取してしまった場合は、どうなんだ？　治療は必要ねえの？」

『必要ない』

それを聞いて、ホッとした。

だが、と医師は続けた。

『強い催淫効果があるから、抜けるまでがムズムズしてつらいはずだ。まぁ、そんなときには、一発やってしまえばいい。ただ心配なのが、いきなり心臓にくることがある。呼吸ができなくなっていくんだ。まぁ、一万人に一人ぐらいだけど。無事にクスリが抜けたら、特別な治療は必要ない。それもあって、そのクスリは世界中で人気なんだ』

「ありがとよ」

礼を言って、伊吹は電話を切った。

らしい。

ホッとした。

薬物が抜けるまで、芽依をその病院に預けることも考えていた。だが、その必要はないらしい。

本陣に向かうように舎弟に告げてから、伊吹は後部座席の隣に座った芽依に言った。

「さっき、芽依が飲んだ『サービス』のお茶は、ヤバいものだった。クスリが混じってたのに気づかなくて、すまなかったな」

「やっぱり」

芽依が薄く目を開いて、小さくうなずく。

頬が赤らみ、瞳がとろりと濡れていた。芽依自身も自分の肉体の変化を自覚しているのだろう。それほどまでに、異変は明らかだ。

「病院には連れていく必要がないってことだった。抜ければ何の心配もねえらしいが、ただ、ごく稀《まれ》に心臓の発作が起きる可能性があるから、抜けるまで見守らせてくれ」

「それは、……いい、……んだけど」

了承した後で、芽依はどこか落ち着かない様子でシートの上で身じろぎをする。もぞもぞと足を動かした。いつでも凛《りん》とした空気をまとうこの女剣士の異変の原因が、伊吹にはわかっていた。

――発情して……るのか。

その気になった女は、顔を見ればすぐにわかる。芽依もそうなのだろう。だけど、惚れた女性のそんな姿は愛しすぎて痛ましくて心臓にくるので、伊吹は窓を少し開いて外の空気を取りこみ、深くシートにもたれかかった。

――どう……すべきだ？

発情した芽依なら、抵抗は少ないだろう。手伝う意味で、抱くべきか。それとも、朝まででただ心臓発作が出ないか、見守るだけで終わらせるか。

――考えても無駄だ。何も、できやしねえよ。

心の中で吐き捨てて、伊吹は遠くを凝視する。

芽依が嫌がることはしたくない。こんな機会に乗ずるなんて、卑怯者《ひきょうもの》のすることだ。だけど、先ほどカップル喫茶で触れた芽依の身体を思い出す。すごく柔らかくて、いい匂いがした。てのひらで包みこんだ胸の、柔らかな感触が蘇る。

その胸に顔を埋めただけで、天にも昇るような気持ちになった。

それでも、誘惑を伊吹は断ち切ろうとする。

極道の男だから、それなりの経験はあった。そのどんな女とも芽依は違っていた。気が遠くなるような、いい匂い。すべすべの肌に、抱き心地のいい腰。

ただ抱きしめるだけでは飽き足らず、押し倒してめちゃくちゃに犯したくなる。なのに、好きすぎるから手が出せないのだ。

伊吹はぎゅっと拳を握った。

今夜は何もしない。

我慢する。理性を最大限、働かせる。同意なしでできるはずがない。万が一、同意してくれたとしても、クスリの影響下での同意は正しくない。

芽依に不快な思いをさせたくなかった。芽依に『嫌い』と宣告されたら、その瞬間に伊吹の心は死ぬ。

なのに、そんなふうに決意した直後に鮮明に蘇ってくるのは、ふわふわとした芽依の胸の感触だった。たっぷり味わったはずなのに、その感触が現実のものだったのか、わからなくなってくる。

もう一度、あれに触れたい。あの柔らかさと、天にも昇るような感触が実際にあったものなのか、てのひらで触れて、顔を埋めて確認したい。

——だから、ダメだって言ってるだろ……！

葛藤に心を揺らしながら、伊吹はシートに深く座り直した。

その横では、芽依が落ち着かない様子でシートの上で体勢を変える。

そっと芽依のほうを見ると、彼女が身につけたタイトスカートがいつもよりもだいぶずり上がって、太腿が上のほうまで剝《む》き出しになっていた。いつもならすぐに引き下げるだろうに、今はそこにまで意識が向いていないようだ。

して。

――すべすべの太腿。……あれに手を伸ばして、つつーっとストッキングを引き下ろ
渇望するように考えた自分の意識を、伊吹は無理やりそこから引き剝《は》がした。だが、またすぐに考えてしまう。

――あの媚薬。……すごく濡れるって……。

芽依ももしかしたら、そんな状態にあるのだろうか。

伊吹はごくりと息を呑んだ。それなりの経験はあるはずなのに、まるで中学生や高校生のときのように、車の振動にも勃ってしまう状態に陥《おちい》っている。初体験を前にした童貞だ。

――ダメだ。冷静になれ、冷静に。

伊吹は自分に言い聞かせた。

だけど、二十三歳に成長した芽依と間近で顔を合わせたときから、とっくに理性など失われたも同然だ。

大好きで、可愛くて、命を投げ出してまで守りたいと思っている。その大切なものを、自分が穢《けが》していいはずがない。かといって、このまま手をこまねき、他の男にかっさらわれたいかと言えば、答えはノーだ。

――だったら、今のうちに、……俺のものにするか……？

なかなか手を出せない理由はわかっている。

芽依が望まないかぎりは、そのような行為などできるはずがないからだ。

嫌われたくない。

今や他の組からも恐れられる極道の若頭になったというのに、初恋をした少年のように、芽依だけには手を出せないでいるのだ。

〔七〕

芽依《めい》は本陣の離れのベッドの中で、もぞもぞと寝返りを打った。乱れる息を吐き出す。

身体がやたらと熱いままだ。

伊吹《いぶき》の手伝いのために一緒にカップル喫茶に向かい、「サービス」として出されたお茶を飲んだ。それに、妙なものが混ぜられていたらしい。だが、病院に行くほどではなく、一晩やり過ごせばどうにかなるそうだ。

寝る前に、たくさん水を飲め、と言って、伊吹が水を出してくれた。それを飲み、ひどく酩酊《めいてい》したような、ぐらぐらとして身体が支えられないような状態のまま、伊吹の手を借りてベッドに横になった。頭はずっとぼうっとしているのだが、なかなか深い眠りは訪れない。

――……媚薬《びやく》、って言ってたよね。これ……。

着替える気力もないままだ。

伊吹に手伝ってもらって着替えようとしたのだが、服が擦れても感じる状態だった。伊吹はそんな芽依に気づいたのか、途中で手を離した。寝間着代わりの部屋着こそ、ベッドまで運んでくれたものの、それ以上は手伝ってくれなかった。

ベッドサイドにあるテーブルには、水のペットボトルがたくさん並んでいる。

伊吹は寝室のドアのところに椅子を移動させて座り、そこで一晩中、芽依が心臓の発作を起こさないか、見張ることにしたようだ。

芽依は身体が火照《ほて》る中でとろとろと眠りに落ち、熟睡することなく目を覚ます。

ずっと身体がくすぶっているような、不快な感じがつきまとっていた。

特にその感覚が強いのが、女性器のあたりだ。

カップル喫茶で伊吹の足を膝立ちでまたぎ、抱きしめられたときから、その熱はずっと消えない。ひたすらぶすぶすとくすぶって、芽依を悩ませる。

かゆい部分を思う存分自分で掻《か》いたら、——そうすれば楽になれるだろうか。

だが、伊吹が寝室のドアのところにいた。いくら背を向け、シーツで隠したところで、何かを悟られてしまうのではないだろうか。

——どうしよ、……私……。かゆい、……の。

意識すればするほど、そこが熱く疼《うず》いた。どろどろに濡れたそこを、掻きむしりたい。

ぼんやりとしながら、芽依はこの夜をやり過ごそうとする。クスリさえ抜ければ、楽になれるはずだ。伊吹に軽蔑《けいべつ》されることのないように、どうにかこの一夜を乗り切りたい。

浅い眠りからふと目覚めたのは、伊吹がしゃべっている声が聞こえたからだ。スマートフォンで、舎弟と話をしているらしい。

「──逃げただと？　何してやがるんだ。仕方ねーな」

伊吹が話す声が遠くなったり、近くなったりする。

何だか不穏だったから、伊吹が通話を終えたときに、芽依は声を押し出した。身体の感覚にとらわれないように、正気を保っておきたい。

「逃げたって……どうかしたの？」

寝室のほうは電気が消されており、廊下にだけ明かりがついている。

椅子に座った伊吹が、身じろぐのが見えた。

「まだ起きてたのか。──タクを事務所まで連行して、詳しく事情を聞き出してたんだけどな。ちょっとした隙を突かれて、逃げられたらしい。まぁ、あいつはこの事務所に詳しい。だけど、気にすることァねえ。すぐに見つけ出す」

伊吹は確信に満ちた口調で言った。

ヤクザにつけ狙われたら、日本中、どこに行っても逃げられないと、小説やテレビドラマなどで耳にしたことはある。それは、本当だろうか。

尋ねてみようとしたが、そのとき、ぞわあっと下肢からこみあげてくる強烈な疼きがあった。やり過ごすために、芽依は歯を食いしばらずにはいられない。

触れてもいないのに、とろりと下肢からあふれるものがある。そこはすっかり、べとべとになっているようだ。

汗まみれだし、そんな自分がひどく汚いものに思えて、芽依はじわりと涙がこみあげてくるのを感じた。

こんなにも発情しているのは、伊吹にも察することができるはずだ。助けてほしい。伊吹に抱かれたい。

そんな思いが、身体の疼きとともに否応なしに浮かび上がる。

なのに、彼はまるで芽依に手を出そうとはしない。完全な据え膳状態だというのに手を出されないのは、それがまるで美味しいと思えないから、ではないだろうか。

——伊吹にとって、……私は恋愛対象外？

そう思うと、目の端を涙が伝った。

彼にとって、自分は何なのだろうか。出会ったころが幼すぎて、子供としか思えないのか。それでも、愛してもらいたかった。この一晩だけでもいい。これを一生の思い出にするから、伊吹に愛された記憶が欲しい。

ただそばにいるだけでも、泣きたくなるぐらい、伊吹のことばかり考えてしまう。伊吹が好きだということを、ごまかしようもなく心に突きつけられていた。

芽依は涙に濡れたまつげを押し上げて、寝室のドアのところにいる伊吹を見た。

硬い椅子に長時間座り続けるのは少し疲れるのか、伊吹は座面に片方のかかとを乗せて、少し崩した格好をしていた。長い足が持てあまされ気味だ。

一晩中、そこで芽依に心臓発作が起きないか、見張ってくれるつもりらしい。

大切にされている感覚はある。なのに、それでは足りないのだ。

カップル喫茶で、腰に腕を回されて抱き寄せられた感覚が蘇《よみがえ》る。あんなふうに触ったのは、あの場で浮かないようにするためだ。それはわかっている。

だけど、それ以上の意味はないだろうか。自分のことを、少しは愛《いと》しく思ってはくれないだろうか。考えているだけで、じわじわとあふれる涙が止まらなくなる。

抱いてほしい、と念を送ってみたが、当然、言葉にできない思いは伝わらない。諦《あきら》めて芽依は、身体の力を抜いた。

それでも、だんだんと身体の疼きばかりがつのっていく。全身、じっとりと汗をかいていて、熱くてたまらない。少しでも楽になりたくて、着替えることにした。

ベッドに横になったまま、スーツをもぞもぞと脱いでいく。

上下を脱いでハンガーにかけたりする余裕はなく、ベッドから床に落とした。代わりに寝間着を着ようとした。だけど、熱かったので、そのままシーツにくるまる。

まだブラウスは着たままだ。へそのほうからボタンをはだけさせて、ブラが苦しく感じられたので、ホックを外した。そのまま、ブラウスを脱がずに、ブラだけ抜き取る。

「……あつい……」

誰にともなくつぶやくと、伊吹が寝室内に入ってきて、エアコンのスイッチを入れてくれた。涼しい風を感じたが、それだけでは足りない。

伊吹が元の椅子のところに戻ってしまう前に、芽依は呼びかけた。

「いぶ……き……」

名を呼んだだけで、じわっと涙があふれた。

「どうした?」

伊吹がベッドサイドに近づいてきてくれる。薄暗いから、表情までは見えない。それに、自分のこんなときの顔も見られたくなくて、芽依は目の上に腕を乗せた。

苦しさのあまり、自分の醜《みにく》い欲望が剝《む》き出しになっているのがわかっても隠しきれない。伊吹に触れられたくて、そればかり考えてしまうのは、媚薬に近いというクスリのせいなのか、それとも自制心がバカになって、伊吹が好きなのが制御できないからなのか、自分でもよくわからない。

だけど、もはや我慢できなかった。今が何時なのかわからないが、これ以上生殺しの時間が続いたら、自分はどうにかなってしまう。

「……たすけ……て」

口に出した瞬間、またとぷりと蜜があふれた。

自分のそこが、ひどく疼いている。淫らな身体を、伊吹の手で刺激してほしい。いつにない剝き出しの欲望が、芽依の感覚の全てを占めていく。

「助けるって、何を」

伊吹の顔は見られない。

腕で顔を隠しながら、芽依は熱い息を押し出した。

「からだ、……変、……なの」

これで伝わるだろうか。伊吹は芽依がクスリを飲んだことを知っている。だから、どうにか察してほしい。軽蔑されるような言葉を、伊吹の前で口走ってしまう前に。

――触って……。

疼くところ、全部。

そんなふうに強く願っているのに、伊吹はなかなか芽依に触れようとはしない。少しかすれたような声で尋ねてくる。

「変って、……何が」

乳首も硬く尖《とが》っていて、そこに自分で触れまいとするだけで芽依は精一杯だった。ぎゅうっと、拳を握りしめる。

伊吹がすぐそばにいるから、余計に身体が疼いてしまう。肌がざわめく。喉がからからに渇いていた。

「身体が、……変なの。……たしかめ、て」

自分が妙なことを口走っていると、頭のどこかで気づいた。だけど、他の言葉を探す余裕もない。

また涙があふれ、目の際を伝っていく。そのとき、ベッドがギシリと軋《きし》んだ。芽依の身体が少し傾く。ベッドに伊吹が膝をついたのだ。

芽依が身体に引っかけていた毛布やシーツが剝《は》がされ、闇の中に伊吹の輪郭が浮かび上がる。

ブラウスと下着だけの姿を、見下ろされている。それだけで、やけに緊張した。

ベッドに上がってきた伊吹が芽依の腰をつかんで、軽く上げさせ、下着を脱がしてくる。大きく足を開かされ、濡れた部分が外気にさらされる気配に、芽依は息を詰めた。

「あ」

――だめ、やめて……っ！

恥ずかしさとどうにもならない羞恥に、身体がすくみあがる。

それでも、叫びは声にならない。伊吹にそうされることを、ずっと待ち望んでいたからだ。

濡れきった足の狭間に何か硬いものが触れ、そっとそこをなぞった。やたらと疼いていただけに、あまりの気持ちよさに声が漏れそうになった。

軽く上下になぞられるだけで、たまらない悦楽が身体を突き抜ける。指が動くたびに、ぞく、ぞくっと、快感が掻き立てられた。その気持ちよさときたらなく、頭を真っ白にして、その刺激に溺れるしかない。

――もっと……。

芽依の口からうめきが漏れた。

もっと強くしてもらいたい。誰にも触られたことのない敏感な部分だったが、指でなぞるだけでは物足りないぐらい、そこは熱く疼いていた。触れられることで、身体の芯までざわめいてくる。

ますます激しく指でいじられることを待ち望んでいたのに、指は不意に離れた。飢餓《きが》のようなものが満たされたばかりだっただけに、そのご馳走が奪われたのが苦しい。だけど、指の代わりに熱い吐息を濡れきった花弁で感じた。

「……っあ！」

続いて、弾力のあるぬめぬめとしたものが触れた。それが何かは、伝えられなくてもわかった。

キスをしたことがあるからだ。

あのとき、唇で感じたのと同じものが、今、芽依の恥ずかしいところに触れている。大胆に吸いついて、上下になぞっていく。

強烈な禁忌《きんき》感と、それを容易く上回る快感に、腰が跳ねあがった。恥ずかしい。怖い、逃げたい。

なのに、ようやく手に入れたこの快感を手放したくない。そんな相反する感情で、芽依は動けなくなる。

「んんっ、……あ、……ダメ……っ」

唇がほどけ、そんな声が漏れた。ダメなんて言葉では、今の芽依の思いをまるで伝えきれない。

その濡れた熱いものは、生き物のようなぬめぬめとした感触とともに、芽依の花弁をますます貪《むさぼ》っていく。それに触れられるたびに、味わったことのない甘い刺激が下肢から全身を突き抜けた。

どこにどう力を入れていいのかわからずにいた芽依の足を、伊吹は折り曲げて肩のあたりに抱えこんだ。取らされた格好のいやらしさに、つま先が丸まるほどぞくぞくと感じてしまう。

「……ン、……ぁ、……あ、あ……っ」

また舐《な》められ、つかみどころのない刺激に膝が揺れた。

気持ちよすぎるのに逃げたいのは、そんなところを舐められるのは汚い、という意識があったからだ。なのに、頭が灼《や》き切れそうなほど興奮している。気持ちよくてたまらない。

びくびくと身体のあちらこちらに、不自然な力が入っては抜けた。

舐められれば舐められるほど、ますます蜜があふれてくる。それを舐め取るように、伊吹の舌は動いた。舌がうごめく感覚はひどく気持ちよくて、腰から力が抜ける。指で狭間を開かれ、余すところなく舐められるのが、恥ずかしいのに気持ちがいい。強烈な快感を受け止めるだけでやっとだった。

忘我の時間がどれだけすぎたのかわからなくなったころ、伊吹の長い指が体内に入ってきた。

「っぁああ！　……あ……っ」

狼狽《ろうばい》しながらも、その確かな感覚が気持ちよくて、ぎゅう、と渾身の力で締めつける。たかだか指一本に過ぎないのに、それはひどく存在感があった。締めつけたことで、指の太さや関節がどこにあるかまで、鮮明に感じ取ってしまう。指が入ったことで、粘膜の疼きを余計に意識した。

今までは花弁《かべん》を舐められるだけで満足していたはずなのに、今はその内側まで搔き回されたくてたまらない。

「……ん、ん……、ん……っ」

「ぬるぬるしてる」

そんな伊吹の声が遠く聞こえた。探るように指を使われ、隙間なく密着した粘膜を搔き回される。ひどく濡れているから、どんなふうに動かされても痛みはない。

それどころか、腰砕けになりそうな快感が、指があるところから全身に広がっていく。

「っは、……ぁ、あ……っ」

指があると、どうしても声を漏らさずにはいられなかった。

根元まで芽依を貫いてから、指は抜けていった。だけど、すぐに同じ深さまで戻される。

ちゅぷ、と濡れた音が、そこから次々と漏れた。指によってもたらされる快感は、花弁を舐められるものとも、そこを指先でなぞられるものとも違っていた。

——すごく、……気持ち……い……っ。

一番疼いていたのは、この内側の粘膜だったことに、ようやく芽依は気づいた。指が出し入れされると、ずっとあったかゆみが少しだけ軽減される。

伊吹の指は、芽依のそんな願望を読み取ったかのように休みなく動いた。芽依のものよりも、ずっと太くて長い指だ。

だんだんと中がほぐれるのに合わせて、指は襞のあちらこちらに触れ、不規則な動きも混じるようになっていく。

「っぁ、……あ、……あ……っ」

ずっとその指の動きだけに意識を奪われていたが、そのとき、花弁の上のほうにある突起に、伊吹が顔を埋めた。ちゅっと、吸いあげられる。

「っぁあ、……あ、あ……っ」

その瞬間、今まで味わってきた快感を一気に凝縮したような快感が爆発した。

ぐっと腰が持ち上がり、がくがくと揺れる。指は奥まで押しこまれたままだったから、自分で搔き立てた快感に、ますます混乱する。

「や、……っんぁ、……そこ、……んぁ、あ……っ」

ぎゅっと閉じた目の内側で閃光がひらめき、芽依はのけぞりながら達していた。

「っん、……ぁ、あ！　……あ、あ、あ……っ！」

勝手に手足が跳ね上がる。全身の硬直は少しずつ治まっていったが、余韻がすごい。

しばらくはボーッとしたまま、息を整えることしかできない。

だが、指を抜かれても、それで身体の疼きが治まったわけではない。

むしろ、深くまで指を入れられて搔き回されたことで、体内の粘膜がより物欲しげにうごめくようになっている。

――もっと、……そこ、……ずっと搔き回してほしい。

飢《う》えるようにそう思ったが、さすがにそんな欲望を口にすることはできない。

芽依はただぎゅっと目を閉じて、欲望が治まるのを待とうとした。全身が倦怠感《けんたい》でいっぱいなのに、指が抜けたところがひくついているのがわかる。

やっぱりそこを何かで搔き回してもらいたくて、たまらない。

「……は、は……っ」

口に出さないまま、芽依は伊吹を見上げた。

寝室内は暗いままだったが、伊吹が顔を寄せてきたから、その表情がよく見えた。

怒っているのかと思うぐらいの真剣な表情と、鋭い眼差し。その目でにらみつけられて、自分は何か間違ってしまったのかもしれないと焦《あせ》った。

だが、伊吹はそんな芽依の頰を、てのひらで包みこんだ。熱く火照った芽依の頰に、その手は少しだけひんやりと感じられた。

怒っているのかもしれないと思ったから芽依はすぐに目を閉じてしまったが、伊吹はそのまぶたや頰、額や鼻の横などに、唇を押しつけてきた。

その柔《やわ》らかな感覚に、身体が溶けた。心まで溶けそうになる。

——伊吹に触れられると、……どうしてこんなにも、どこも気持ちがいいんだろ。

だけど、先ほど見た伊吹の表情が、まぶたに灼きついている。どこか苦しそうな、やりきれなさそうな、つらそうな表情だった。

伊吹にとってこれは、苦行なのか、そうではないのか。

確かめたいのに、芽依はなかなか目を開くことができない。

また怒っているようににらみつけられたら、きっとまた泣いてしまうからだ。

だけどキスはすごく甘くて、押しつけられる唇は熱くて柔らかかった。とても大切に扱《あつか》われているような気がした。伊吹に大切にされているのがわかるたびに、芽依は心がほっこりするのを感じてきた。

なのに、今は伊吹の気持ちがわからない。

どう思われているのか。

だけど、本物の恋人になりたい。こんなふうに身体に触れられることで、あらためてそう思う。

薄く目を開き、伝わらない愛しさを伝えたくて、芽依のほうからすぐそばにあった伊吹の首の後ろに腕を回した。それから、その唇に芽依から唇を押しつける。

伊吹からされるのとは違って、自分からキスをするのはとてつもなく勇気が必要だった。どくん、どくん、と鼓動がせりあがってくる。息苦しい。どんなタイミングで息を吸っていいのかわからない。

伊吹の唇は柔らかくて、少し塩辛い味がした。それはどうしてなのか疑問だったが、自分が泣いているせいだと不意に気づいた。

それでもかまわず、伊吹の唇を映画みたいにそっとついばむ。顔を寄せて、思いを告げた。

「……つらい、……の」

だから、伊吹に助けてほしい。

初めてを奪ってほしい。心と身体がこんなにも直結しているとは知らなかった。伊吹と抱き合うだけで、すごく気持ちがいい。芽依がかろうじて引っかけているブラウスも脱がしてほしい。きつく抱きしめて、伊吹のものにしてほしい。

泣きながら見上げると、強く頭を抱えこまれた。伊吹のほうから、あらためてキスをされる。

「っ！　ふぅ、ん、……ん、ん、ぁ……っ」

今までの穏やかなものとは違う、噛みつくようなキスだった。

そんなキスをされるとは思っていなくて、芽依は狼狽する。

まともに呼吸ができない。キスにこんなにも種類があるとは知らなかった。舌の根までからめられ、容赦なく舌を吸われ、息ができない。何もかも奪いつくすようなキスに溺れる。

伊吹の手が芽依の着ていたブラウスを脱がせ、胸をつかんでくる。その中心でじぃんと疼いている乳首をつまみあげられ、そこから強烈な快感が広がった。

「っぐ、……ふ、ふ……っ」

唇は塞がれたままだから、あえぎ声すら漏れない。くりくりと乳首を指先でもてあそばれるたびに、すごく感じた。

ずっとそこも、疼いていたのだ。

そのとき、もう片方の伊吹の手が芽依の足を抱えあげた。大きく足を広げさせられた後で、伊吹の熱くて硬いものが、疼く狭間にあてがわれる。

「いいか」

その声にこもった切実な響きに、何を要求しているのだか理解した。

自分だけではなくて、伊吹も欲しがってくれているのが伝わってくる。避妊具のことなど何も考えられずにうなずくと、直後にぐぐっと、その先端が身体に入りこんできた。

「っん！　……っ、……ぁああ、……あ……っ！」

指とはまるで違う。もっと圧倒的な、存在感のあるもの。

——入って、……くる……！

まだ指以外のものが入ったことのない狭い道を、伊吹の硬いものが強引に押し開いていく。痛みがあることも覚悟していたが、よっぽど濡れていたのか、それはほとんどない。

ぬるっと滑りながら、それは大きなものを呑《の》みこんでいく。

ただ、違和感がすごかった。力を抜こうと、芽依は必死で大きな呼吸を繰り返す。

「っん、……あ、……すご、……ン……っ」

入れられているだけで、じわじわと快感が広がっていく。

だんだんとそれが深くまで入ってくるのを感じながら、芽依は自分に覆い被さる伊吹の顔を見上げた。

その整った男っぽい顔が、歪《ゆが》んでいる。どこか苦しげなのに、気持ちよさそうにも見えた。伊吹の表情から、目が離せなくなる。

——感じてる？　伊吹…も……。

快感を与えているのが自分だと思うと、中がひくりとうごめいた。

その機に乗じたように、残りの部分を一気に押しこめられる。

「っぁああ……っ！」

深くまでギチギチになるほど、伊吹のものに貫かれている。身じろぎもままならないぐらい、中が伊吹のものでいっぱいだった。体内にそんなものをくわえこむのに慣れていなくて、どこにどう力を入れていいのかわからない。

「痛いか？」

根元まで貫いた後で、伊吹は動きを止めていた。

心配そうに見つめられて、芽依はどうにか声を押し出した。

「だい……じょう、……ぶよ」

痛みはない。むしろ伊吹に押し開かれているところから、じわじわと快感が湧き上がってくる。

伊吹はいぶかしむように芽依を見たが、その表情の中に苦痛よりも快感がにじんでいるのを読み取ったのか、ゆっくりと動かし始めた。

「っん！　……ぁ、あ、……あ、あ……っ」

中の動きに合わせて、芽依の声が押し出される。

ただ入っているだけで、芽依にとっては限界に近い。その張り出した切っ先が、感じやすい柔らかな襞を押し広げ、奥まで押しこまれては抜けていく。それを、ひたすら意識で追いかける。

「っんんっ、……っんぁ、あ、あ、あ……っ」

動かれるたびに、襞全体からぞくぞくっと刺激が抜けた。それは快感に他ならなかったが、腰の奥のほうが落ち着かない。

最初からこんなにも気持ちがいいのは、媚薬のせいなのだろうか。ずっと、蜜があふれ出すような感覚もあった。そのぬめりが、片っ端から快感を拾い上げる。

奥まで入られるたびに、きゅうっと中に力がこもる。

頭まで痺《しび》れるほどの快感が、入っている伊吹のものから全身に伝わる。特に奥のほうが疼いた。そこまで一気に入れられるのがたまらない。

「はっ、……あん、あっあっ」

膝を固定され、動きやすくなった伊吹の速度が増していく。どこからか聞こえる水音が、自分の身体から漏れているとは思えなかった。

——こんな……のって……っ。

中に入ってくる伊吹のものに押し出されるように声が漏れ、パシンと押しこまれるたびに快感に腰が震える。ぬるぬるの粘膜を擦りあげられるのが気持ちよくて、そればかりしてほしくなる。

時に張り出したカリの先で襞をなぞられながら引き抜かれていくのがぞくぞくするような快感をあおり立て、上擦ったあえぎ声が漏れた。

さらに、伊吹の手は胸元に伸ばされ、硬く尖った乳首をつまみあげた。

ずっと疼き続ける凝《しこ》りをこりこりと指の間でもてあそばれ、中に力がこもった。反対側の乳首も指先で転がされ、両方からの刺激に息を呑む。

だがそこはずっとかゆくて、もっともっと淫らにいじってほしくて仕方がない。

「……ん、……っん、ん……っ」

体内にある伊吹のものは、ますます大きく硬くなっていくようだ。

「っん、……ぁ、……あ、あ……っ」

激しく腰を使われて、狂おしく掻き立てられる快感に、涙まであふれてくる。

ちゃんと避妊具を使ってくれなければ怖いと、まともに働かない頭のどこかで考えた。

だけど、その言葉を口に出せないくらい、快感に呑みこまれていた。口から漏れるのはあえぎ声ばかりで、乳首をまさぐる指の動きにも気を取られている。

指先で乳首をぎゅっと、少しきつめに押しつぶされ、ねじるように転がされた。感じす

ぎた身体には、少し乱暴なほうが気持ちいい。そうしないと、乳首の疼きが軽減されないからだ。

「っん、……ぁ、……ぁ、あ……っ」

そのとき、伊吹が芽依の膝を抱え直し、今までよりもっと激しい動きに切り替える。足を大きく開かされたまま固定され、奥ばかり刺激される。

「っんぁあああ、……あ……っ」

その動きは芽依には少しキツすぎて、悲鳴のような声が漏れた。だけど、ますますあふれ出した蜜が、伊吹の動きを助ける。奥まで一気にえぐられるのを受け止めるだけでやっとだったが、それだけ強烈な快感があった。

「あっ！　あっ！　あっ！　あっ！」

貫かれるたびに、身体が揺れる。

とっくに快感は、芽依の許容量を超えていた。なのになかなかイけないのが不思議だったが、この激しすぎる行為に慣れていないからだろうか。ひたすら快感が蓄積され、体内でわだかまる。

伊吹が芽依の乳首を指の間でこね回しながら、腰をリズミカルに打ちつけてきた。中をえぐられるたびに、頭が真っ白になるぐらいに感じている。それに乳首の快感まで加わるのだから、ひっきりなしに太腿が震《ふる》えて、イクときみたいに痙攣《けいれん》が走る。

なのに、不慣れな身体は不思議なほどイけずにいた。それがやけに苦しい。ますます濃厚になっていくばかりの快感に、涙があふれた。

「っんぁ、……あ、あ、あ……っ」

芽依がそんな状態なのを理解したのか、さらに伊吹の動きが激しく、淫らなものへと変化する。単に動きが激しくなるのではなく、芽依の反応を探って、感じるところを狙ってくるのだ。

そんな動きを受け止めていると、どこでどれだけ感じるのか、芽依自身にもわかってきた。その気持ちのいいところをえぐられると、そのたびに何かが漏れてしまいそうな快感が広がる。つま先まで力がこもり、伊吹のものを強く締めつけずにはいられない。

襞に痙攣が走った。

「っんぁ！　……ぁあん、……あっ」

それでもイけない。

いつまでも終わらないような突き上げと、許容量をとっくに超えた快感の蓄積に、現実感が薄れていく。

やけにいやらしいこの行為に、ひどく興奮していた。こんなことを、自分が伊吹としているなんて信じられない。

――私が、……あんな、もの、……飲んだから。

伊吹に迷惑をかけている。だけど、嬉しい。伊吹とこんなふうに、つながれていることが。

涙があふれて、止まらなくなる。伊吹は付き合ってくれているだけだ。ことさら自分にそう言い聞かせないと、何かを誤解しそうだった。

――おかしく、……なっちゃう……。

そのとき、伊吹の顔が胸に埋まり、乳首をちゅううっと吸いあげた。合間に舌で転がしながら、時折、歯を立てられる。そのぞくぞくとする快感に震える。

乳首から広がった強い快感が下肢まで到達した途端、芽依はついに絶頂に押し上げられた。

「っひぁあ！　……ぁあああああ……っ！」

なかなか到達できなかっただけに、蓄積されていた快感の爆発は激しい。

ぎゅうぎゅうと伊吹のものを体内で絞り上げながら、小刻みに腰を揺らした。

「ッ、ク！」

伊吹も低い声を漏らしたのが聞こえた。

中にあったものが、どくんと脈打つ。

達したばかりの身体になおも打ちこまれ、その濃厚な快感に、さらに一段と高いところまで押し上げられた。それはもはや、暴力的なまでの快感だった。

「っんぁああ、……ん、ん……っ、……はぁ、は……は……」

激しい快感が過ぎ去って、芽依は身体から少しずつ力を抜いていく。

その身体からずるっと抜き取られ、芽依はホッとした。これで終わったと思った。だけど、体内の粘膜が物欲しげにうごめいて、何かを訴えてきた。

――まだ、……足りない。

体内の粘膜がひたすらむずむずと疼き、もっとそこを掻き回してほしいと訴えてくる。

泣きたくなって、芽依はぎゅっと目を閉じた。伊吹に淫らだと思われたくない。軽蔑されたくない。さんざん恥ずかしい姿を見せてしまった後なのに、なおもそう思ってしまう。

「まだ足りないか？」

心を読んだかのようにささやかれ、一瞬だけ否定しようとした。だけど、理性よりも欲望が上回る。

もはや何かを隠しても無駄だと悟って、うなずいた。

すると身体を抱き上げられ、うつ伏せに押さえこまれる。

腰を抱えこまれた次の瞬間には、伊吹の熱いものが背後から入ってきた。

「っううぅぁ、あ……っあ……っ」

あらためて貫かれたときの快感がまたすごくて、びくんと身体が跳ね上がる。入ってきたものを歓迎するように、ぎゅううっと締めつけてしまう。

後ろからだと、その大きさも角度もまるで違って感じられた。

その先端の出っ張りで柔らかな襞をなぞられただけでも、気持ちよさにひくひくと太腿が震えてしまう。

まだ先ほどの熱も冷めていないのに、そんなふうにされたらマズい。

「っあ、……っんぁ、……ダメ……っ」

「足りないんだろ」

背後からかすれた声でささやかれ、腹部に腕が回されてきた。その手は腰を支えながらも、芽依の濡れきった花弁の突起を探りあてる。

「っあ！」

突き上げる動きに合わせて突起をその指先で擦り上げられて、増幅された快感が身体を貫いた。芽依の指が、ぎゅっとシーツを握りしめる。

「っぁああ、……っんぁ、……あっ」

驚くほど正確に突起をとらえられていて、突き上げられるのに合わせてぬるっ、ぬるっとなぞられた。

「っあ、ン、……っんぁ……、は……っ、……いぶ、き……っん、だめ、く、……やぁああ……っ！」

伊吹の指で刺激される突起と、中の快感が連動していた。

指がやがてその突起から離れても、襞からの快感はとろりとした濃度を増したままだ。さらに伊吹の指が胴体を這《は》い上がり、揺れる乳房まで移動して、その先端をそっとつまみあげてくる。

凝りきった乳首を指の間で擦り合わされて、あまりの快感に喉が鳴った。伊吹に触れられているところ全てが気持ちよくて、その快感に溺れていく。

初めてなのに、気持ちよすぎた。貫かれるたびにそこから全身に広がっていく快感に、ただ身を委ねるしかない。

「……ん、ん、……ん……」

どれだけ背後から貫かれたのかわからなくなったころ、芽依の身体はまたひっくり返された。

今度は横向きにされ、大きく足をつかんで抱えこまれる。

体位を変えられるたびに、入れっぱなしの伊吹のものがゴツゴツと襞で擦れる感触に息を呑む。

ルートを探るように動かされただけで、今まで刺激されていなかった部分から全身が粟《あわ》立《だ》つような快感が湧き上がった。ビクンと、腰がまた動いた。

「っう！」

涙で濡れっぱなしの目を開くと、伊吹がなだめるように頬に触れた。

「つらい、か?」

尋ねられて、芽依は首を振る。

「……ごめん、ね……」

泣きながら、かすれた声で言っていた。

伊吹に協力してもらっている。

明日からどんな顔をしていいのかわからない。自分にこんなことをさせて、付き合わせているのが申し訳なかった。心苦しくて、明日から伊吹と顔を合わせられない。早急に、出て行く準備をしておかなければならないだろう。

「すぐに、……アパート、……探すから」

最後にこんな、すごい思い出ができてよかった。そう思うと、涙があふれて止まらなくなる。

「くる……し……い、の」

訴えたのは身体の疼きではなく、胸の痛みのほうだ。こんなふうになったのは芽依の自業自得なのに、伊吹がこんなバカな自分にも優しくて、苦しい。

——ごめんね、伊吹。……ごめん。

伊吹もセックスは、好きな人としたいだろう。

なのに、迷惑をかけて、こんなことまでさせている。だけど、芽依にとっては、これは一生の思い出となる。

初めてが、大好きな人でよかった。このことは、ずっと一生、忘れない。

こんな状態で、伊吹に好きだなんて告白できるはずもなかった。ただ、それだけが心残りだ。

「──んぁ……！」

伊吹の動きが再開される。

ひたすら身体の疼きが落ち着くまで、伊吹に身を委ねるばかりだ。

〔八〕

翌朝。

目覚めたとき、芽依《めい》の身体はひどく疲弊していた。

全身にドロのような疲れが詰めこまれていて、身体を起こすだけでも気力が必要だった。動くたびに、関節がキシキシと軋《きし》む。特に痛みがあるのが、股関節と腰のあたりだ。身体のだるさと痛みに気を取られているうちに昨夜の記憶が蘇《よみがえ》ってきて、ベッドの中で固まった。

昨夜、自分がどれだけ伊吹《いぶき》に抱かれて、甘い声を上げたのかが、ハッキリと思い出されたからだ。

一瞬、夢かもしれないと思ったが、身体に残る違和感が、あの出来事は夢ではないと教えてくれる。

そろそろと動いてベッドに座り、そのときに離れの寝室の二つ並んだベッドのもう片方に、伊吹が寝ているのに気づいた。終わった後、ベッドのシーツがひどくぐちゃぐちゃになっていたから、伊吹が芽依を使っていなかったほうに抱いて移動させてくれた記憶がある。

伊吹は空《あ》いたベッドのシーツを新しく敷き直し、そちらに寝たのかもしれない。そんなふうに思うと、余計にいたたまれない。

——だけど、……そろそろ起きなきゃ……。

もうじき、いつも起床する時間になる。数時間しか眠っていないし、身体も疲弊しきっていたが、この現状を考えると、もう一度のんきに眠れるとは思えない。

食事の支度をする前に、シャワーも浴びておきたかった。

そう思って、芽依はそろそろとベッドから立ち上がった。眠りに落ちたときにはまともに服を着ていなかったはずだが、いつもの寝間着を着せかけられている。

裸足のまま、伊吹を起こさないように足音を殺して歩いたつもりだったが、ドアノブに手をかけたときに、背後から声が聞こえた。

「起きる……のか」

伊吹の声にビクッと過剰に飛び上がって、振り返った。

伊吹が裸のまま、ベッドでのそりと上体を起こした。肩から胸元にかけて露出している身体は筋肉質で引きしまっており、格好がいい。

その裸を昨夜はどれだけ見たのかと思うと、じわりと身体の熱が上がった。

どう反応していいのかわからなくて、芽依はできるだけ明るい声を出した。

「そう！　朝ご飯を作らなくちゃ、いけないし」

「メシなんていい。……もっと寝てろ。つらいだろ？」

その声にこもったいたわりが、逆につらかった。

本当は、もっと眠りたい。

くたくただし、身体の奥がじゅくじゅく痛むような感覚もあった。だけど、自分はいたわられるような人間ではない。

昨夜はあれほどまでに、伊吹に迷惑をかけた。その気のない伊吹を、淫らに誘った。

芽依は空元気《から》を振り絞って、明るい声を発した。

「大丈夫よ！　シャワー、浴びてくる」

それだけ言って、芽依は振り返らずに寝室から出た。

膝が震《ふる》え、ぎくしゃくとした動きになった。全身に違和感がある。まだ伊吹のものが、体内に入っているような感覚が消えない。妊娠は大丈夫だろうか。

まっすぐシャワールームに向かい、寝間着を脱ぎ捨てるときに、やはりこれは伊吹が着せかけてくれたのだとわかる。何故なら、下着が前後逆だったからだ。

それも脱ぎ捨て、頭から熱いシャワーを浴びた。

強《こわ》ばっていた顔面が、シャワーの湯に叩かれて、少しずつ緩んでいく。熱い湯に混じって、じわじわと涙があふれた。

――失敗した……。

いつか自分は、大好きな誰かと結ばれるのだろうと思っていた。

初めての体験は想像していたよりもずっと強烈で、芽依の中に快感の記憶だけを残している。あんなにも悦《よ》かったのは、伊吹がいたわってくれたからだ。ただ迷惑ばかりかけた芽依なのに、あんなに優しく気持ちよく抱いてくれるなんて、伊吹は残酷だ。

――だって、……もっと、好きになっ……ちゃう……。

涙は止まらず、芽依はシャワーをなかなか止めることができない。

裸の全身が、伊吹に抱かれた余韻を宿している。伊吹に吸われた乳首が痛むし、中がずっとムズムズしていた。

――すごく、……大切そうに扱《あつか》われた。

昔から伊吹は、芽依のことを大切にしてくれた。鬼コーチではあったが、体調や体力を見定めて練習メニューを組んでくれた。伊吹に芽依は全幅の信頼を寄せてきた。

そんな伊吹が、昨夜は芽依の身体のあらゆるところに触れた。恥ずかしいところまで、たっぷりと舐《な》められた。

だけど、好き合って抱かれたわけではない。

もともと伊吹は、芽依のことを何とも思っていないのだ。

離れに住まわせてもらっているのは、特別な事情があったからだ。

——私はただの、偽装の恋人。

もしも伊吹に、芽依に対する恋心があったならば、最初の時点で恋人になってほしい、と言ったはずだ。

あくまでも自分は、伊吹にとって恋愛の対象外だと言い聞かせる。身体の関係を持ってしまったことは伊吹にとっては予定外で、今ごろどう話をつけようか、悩んでいるところかもしれない。

——だったら、これ以上の迷惑はかけられないわ。

芽依はシャワーを浴びながらひとしきり泣いて、そう決意した。

泣いたことで少しだけ落ち着いて、バスルームから出る。それから、時間をかけて髪を乾かし、いつものように朝食の準備を始める。

何かしていないと、落ち着かなかった。今日も出勤するつもりだったし、伊吹にも朝食を出すという約束がある。

だが、その途中で伊吹がキッチンに姿を現した。

「メシとか、いいから。母屋で食うし」

気遣われているのだろうか。だが、伊吹と話をつけておかなければならない。芽依は目を伏せたまま、声を押し出した。

てくれた。


「作るから、食べていって」

食事を作ることまで拒まれたら、もはやどうしていいのかわからない。

泣き出しそうな顔をしたからなのか、伊吹は二呼吸置いたのちに、「わかった」と言ってくれた。

――何て、切り出したらいい？

伊吹と約束していた一ヶ月は、もうじき終わる。

早々にアパートを探さなければならないが、引っ越しの最後の日まで伊吹とは顔を合わせて、美味しい朝ご飯を食べたい。

あんなことになったが、なかったこととして扱ってほしい。あれは芽依が病気にかかって、伊吹が看病してくれたことでしかない。それには、特別な感情なんてない。

――それを伝えるには、……どうすれば。

「じゃあ、……俺もシャワーを浴びてくる。ここのを使わせてもらっていいか？」

わざわざ母屋に戻るのは面倒なのか、伊吹にそう言われて、芽依はうなずいた。

その間に魚を焼き、味噌汁を作って、朝食の支度を整える。料理を作るのは好きだ。心を落ち着ける効果がある。

だいたい準備が整ったころ、伊吹がバスルームから戻ってきた。

髪をドライヤーで乾かす習慣はないのか、肩にタオルを引っかけ、それでわしゃわしゃと拭《ふ》いている。

いつものようにダイニングテーブルで向かい合わせに座った。芽依は手を合わせた。

「いただきます」

伊吹も同じ言葉を言ってくれる。

いつもと変わらない朝の風景だったが、いつもとは違って会話がまるでないことに芽依は気づいた。

芽依の表情が硬いのと同じように、伊吹の態度もぎこちなかった。会話どころか、二人の視線もなかなか合わない。

伊吹はどこか一点に視線を据《す》えて、何かを考えこんでいるように思えた。

――そう……だよね……。

伊吹のほうとしても、身体の関係ができたことで、芽依から何か妙なことを言い出されるのではと警戒しているのかもしれない。

何かずっと考えこんでいるようなのは、芽依から付き合ってほしい、と言われたときに備えて、断る言葉を探しているからだろうか。

――……大丈夫よ？　私から、無理は言わないから。

そう思っても、胸の痛みは増すばかりだ。

伊吹はモテる。豪華客船のオーナーであり、なおかつ地域のボスである禮宮《あやのみや》早由利《さゆり》という迫力のある美人からの誘いも面倒だと言っていたし、実際に全く乗り気ではなかった。

禮宮には『心に秘めた相手がいる』と言って断ったようだが、それは誰のことを指すのだろう。どこかに特別な相手がいるのか、それとも単に誘いを断るだけの嘘なのか。

伊吹からあらためて断りの話をされるのも申し訳なくて、遠回りにあれは『何でもなかったこと』だと伝えることにした。

「あのね。……急いで、アパート探すから」

アパート探しは難航していた。あまりにも見つからないから、このところ、不動産めぐりもやめていた。居心地が良すぎたから、不動産めぐりをサボっていた自分を反省する。

伊吹はその言葉に少し眉を上げた。それから、おもむろに聞いてくる
「芽依。おまえ、今、仕事はどんな感じなんだ？」

「仕事？」

突然の質問に、芽依はきょとんとする。

芽依の昔からの夢は、世界一の剣道選手になることだった。その夢が潰《つい》えてから、ずっと何も見つけられずにいた。

大学に進み、好きだったキャラクターグッズを扱うメーカーに就職した。だが、今のところあまり手応えが感じられない。

そんな話を伊吹にしたことはなかったが、聞かれたのだから正直に伝えておくことにし

た。

「ずっと好きだった会社に就職できて、いずれはその制作に関われればいいなーって、思ってたんだ。だけど、美術を専門的に勉強したことはないから、企画のほうに携われればいいな、って。就職してからわかったんだけど、企画部門はもともとの採用枠が違ってるみたい。私はあくまでも、事務担当。頑張れば、全く道もないわけではないみたいなんだけど」

「頑張らないのか?」

伊吹に聞かれて、芽依は自分のふがいなさに目を伏せた。

「今から思うと、企画をしたいわけじゃなかったのかも。だんだんと、……別に、したいことができて」

芽依のときには就職氷河期で、就職できただけでも幸せなほうだった。内定をもらうだけで必死だったから、自分の適性まで考える余裕がなかった。

「したいことって?」

伊吹に尋ねられて、芽依は自分の中で育ってきた夢を見据える。

本当はもっと、魂と魂がぶつかり合うような仕事がしたい。

剣道の試合などで相手の隙を狙い、必殺の一撃を繰り出したときの、あの張りつめた時間が忘れられなかった。もう芽依は選手として世界を目指すことはできなくなってしまったが、幼いときに覚えたワクワクが忘れられない。

子供たちに、そんな剣道の楽しさを伝えられないだろうか。

「一度、師範に言われて、剣道教室に行ったの。そうしたら、子供たちを教えてみないか、って誘われてね。その一回だけ教えたんだけど、子供たちはすごくわちゃわちゃしていて、大変だったわ。だけど、面白くて、ああいうこと……なんか、またやってみたい」

心の奥のほうでくすぶっていた気持ちが、伊吹に尋ねられたことで形を取り始めた。

世界を目指さなくてもいい。ただ、楽しさを伝えたかった。強くなることでより楽しさが増していくとばかり芽依は思っていたのだが、ただ竹刀を振っているだけでも楽しい、といった子供たちを思い出す。

「土手でランニングしてたときに、朝早くから草野球している大人をよく見たんだよね。あの人たち、プロを目指すわけじゃないのに、楽しそうなのが、ずっと気になってた」

トップばかり見ていたときには、わからなかったこと。

それが、今の芽依には少しずつ見えてきたような気がする。師範のところは人手不足だと言っていた。給料も出すから、手伝いにこないか、と誘われている。

「だったら、師範のもとで教える道を考えてるのか？」

伊吹に聞かれて、芽依は首を振った。

「まだ、仕事を辞めようとまでは思ってないんだけど。たまに、手伝いに行くのはいいかなって」

「転職したいってほどじゃないのか？」

伊吹に意外なほど食い下がられて、芽依は不思議に思いながらも、この際だから自分の気持ちに向かい合ってみた。

「今の会社は人間関係もいいし、ブラックじゃないし、いいところだと思ってる。だけど、ずっとしたい仕事かっていえば、……私以外の誰でもできる仕事だと思ってる」

大人になれば就職して、給料をもらって、それで生活する。やりがいと仕事の内容が一致すれば幸せだろうが、ほとんどの人は生活のために仕事しているはずだ。

足を骨折し、選手生命を断たれたときから、芽依は何かを見失っている気がした。

急いで代わりの夢を探す必要はないと、あえて自分に言い聞かせてきた。だけど、就職して一年といえども仕事をしたことで、少しだけ見えてきたことがある。

「伊吹はどうだったの？　跡を継ぐって決めたとき」

伊吹のことも知りたかった。

彼が自分の家のことで、悩んでいたのは知っている。だけど結局は七坂《ななさか》組に入り、今はそこの若頭として一目置かれる存在になっていた。そんな伊吹は、自分の稼業をどうとらえているのか。

伊吹は芽依にまっすぐに視線を据えた。

「最初は悩んだ。この道を選ぶからには、カタギとの関係を断つ必要があるからな。どんなに好きな女がいても、カタギだったら巻きこんだら良くねえ。今後、付き合うのも、所帯を持つのも、極道相手になる」

「……っ」

その言葉が、芽依の心に突き刺さる。あらためてこんなことを言い出すということは、やはり伊吹には心に決めている相手がいるということなのか。

——その人はカタギ？　……それとも……。

「……そう」

動揺を押し隠すのでやっとだ。そんな芽依に気づいた様子もなく、伊吹は言葉を継いだ。

「稼業はわりと、俺の性に合ってた。中に飛びこんでみて、オヤジは任侠の道に反したことはしていないと確認できた。だから、俺はその意志を継ごうと思ってる」

その言葉が、芽依には決別の言葉のように聞こえた。

伊吹との間に、透明な壁があるのを感じ取る。

自分はその中から閉め出され、伊吹に近づくことはできない。

そのことが、胸に楔《くさび》として打ちこまれる。

それからは、何をどうしゃべって、食事を終えたのか覚えていない。

ただ早くアパートを探して、この離れから出て行かなければならないということだけが、頭に刻みこまれた。

だから、その日の仕事帰り。

芽依は舎弟に車で不動産会社に寄ってもらって、そこでいろいろ物件を探した。だが、やはり良い物件は見つからなくて、ネットで探そうと考えながら遅くに帰宅したときのことだ。

「何だか、本陣内が賑《にぎ》やかかね？」

そんなふうに車内で舎弟に言うほど、内部が大勢の人であふれているような気がした。

本陣の塀に沿って、何台ものワゴン車が停まっている。その車体に印刷されている文字を見れば、お掃除サービスなのだとわかる。

セキュリティのためか、本陣の入り口は車一台の幅しかない、だから、そこに停めずに路上に停車しているようだ。見ている間にも、ワゴン車から青畳が運びこまれていくのが見えた。

さらに車が前に進むと、組事務所の大紋や窓などが、組員たちによってピカピカに磨かれている最中なのが見える。芽依は気になって舎弟に尋ねた。

「大掃除って、今の時期なの？」

芽依の車を運転する舎弟は、いつもの人とは違っていた。今日は若い新人が担当している。

まだ見習いに見える彼は、にこにこしながら答えてくれた。

「いやぁ。いつも大掃除と言えば、年末ですが。ご存じの通り、祝い事がありますから」

――ご存じの通り？

そうは言われたが、芽依は極道の行事について承知してはいない。

「祝い事って？」

「祝言ですよ！」

その言葉を肯定するように、芽依たちが乗った車の前に停まっていた軽トラックから、
ふかふかの新しい布団らしきものが、本陣に運びこまれていくのが見えた。

――祝言？

そのかさのあるふかふかの布団は、新婚夫婦用だろうか。

不意に息が喉に詰まった。

本陣にいる祝言に適した人間として、まず浮かぶのは伊吹だ。伊吹が今朝、心に秘めた
恋人の存在を匂わせたのを思い出す。

だが、伊吹と決まったわけではない。他に、本陣内で祝言を挙げる人間がいるのかもし

れない。

――いて、……ほしい。

すがるように考えながら、誤解があってはいけないと懸命に声を押し出した。

「伊吹の？」

「もちろん、若頭のです！」

その返答に、芽依の目の前は真っ黒になった。

ついに、来るべきときがきたのかと、観念するしかない。

伊吹とは昨夜、関係を持ったばかりだ。だが、昨日の今日に祝言の話が出てくるとは、自分にはこのような相手がいるからと、芽依に誤解を与えないための策なのだろうか。

――別にそこまでしなくても、伊吹を困らせることはしないわ。

伊吹は誰と、結婚するのだろうか。

そのことについて聞きたくもあったが、その舎弟とは馴染みがなかったし、動揺もあった。何でもないふりができそうもない。答えを聞いたら、泣いてしまうかもしれない。

こんなことになったら、なおさら誰にも自分の恋心を知られるわけにはいかなかった。

急いでアパートを探して、お世話になりました、とにこやかに挨拶《あいさつ》をして、出て行くしかない。七坂組の人々は、とても親切だった。その人たちが心安らかでいられるように、厄介事《やっかいごと》をもたらさずに出て行くことが、芽依に残された宿題だ。

——そう。死ぬ気で隠すしか！

そう決めた芽依は、ぐっと拳を握りしめた。

「ごめんなさい。……このまま、車、出してくれる？　駅に向かって」

「駅ですか？」

舎弟は素《す》っ頓狂《とんきょう》な声を出す。

ここから一番近い駅のそばに、不動産会社の看板が出ているのを知っていた。すでに夜の九時近いが、そこが閉まっていたら、繁華街まで出かければいい。営業時間が遅い店が一件ぐらい営業していないだろうか。とにかく、早くアパートを見つけたかった。即日入居できるところだったら、もうどこでもいい。

明日にでも、ここを引き払おうと思った。伊吹の祝言で浮かれる本陣内で過ごすのは、失恋したばかりの芽依には耐えられない。

「そう。駅。すぐに向かって」

「ですが」

「いいから」

強引に、芽依は押し切った。

かくして、一番近い駅の前で、迎えはいらないと伝えて、芽依は車から降りた。

まずは不動産会社に行こうと見ていたのに、一人になった途端、泣きたくてたまらなくなった。

芽依は早足で駅前を駆け抜け、人気のない高架下まで移動した。そこは有料の自転車置き場に隣接したところで、この時間には人がほとんどいない。

薄暗い、誰もいない空間に来た途端、芽依は動けなくなった。ずっと堪《こら》えていた感情が、涙になってあふれてしまう。

伊吹が結婚するということが、これほどまでに悲しいとは思わなかった。伊吹とは結ばれないと、何となく気づいていたはずだ。だが、それを現実として突きつけられたのがつらくて、ぼろぼろと涙があふれて止まらなくなる。

――伊吹のことが……好き……。

幼いころは、淡い恋心に過ぎなかったのかもしれない。

だけど、再会して間近で接したことで、恋する気持ちがくっきりと形を持った。

美味しそうに朝食を食べてくれる表情や、抱きしめてくれたときに腕にこもった強い力を思い出して、鼻の奥がツンとした。愛しくて、恋心が捨てられなくて、いつまでも涙が止まらない。

だけど、その伊吹は祝言を挙げるという。

涙とともに、伊吹に関する記憶の全てがあふれてきた。

その声の響きや、どこかぶっきらぼうな仕草。そのくせ、芽依に向けられてきた眼差し

は柔《やわ》らかで、苦笑するときの表情や、声の響きも好きだ。

勘違いもしていた。少しは大切に思われているのではないかと。伊吹にとって自分は特別なのかもしれないと、思い上がっていた。

だけど、それらは全て錯覚だ。伊吹にとって自分は特別な弟子だったのかもしれないが、恋愛対象ではなかった。自分の思い上がりが恥ずかしくて、悲しくて、浮かれていた自分を殴りたい。

伊吹のほうから、極道だからと一歩引いて接せられているのはわかっていた。だけど、芽依にとってそれは、乗り越えることができる壁かもしれなかったのだ。

——伊吹のことが、……好きだって、……抱かれたら、余計に好きだって、……わかっちゃったから。

苦しい。これほどまでに、息ができなくなるほど泣くのは初めてだ。

ただそばにいられるだけで良かった。祝言を挙げる相手は自分ではなかったとしても、伴侶を決めた伊吹におめでとうと伝えたい。だけど、そんなことすらできない。

どうして、伊吹が選んだのが自分ではないのだろう。そんなことばかり考えてしまうからだ。

——カタギだから？

だったら、カタギの生活を捨ててもいい。芽依にとっては、伊吹と生きることのほうが大切だ。

——家族も捨てて……いい。

あんなことをした義父と、縁を切るつもりだった。母のことは気になるが、それでも話せばわかってもらえるはずだ。義父のようにろくでもない相手と結婚した母なら、きっと事情を汲《く》んでもらえる。

——それに、伊吹は恩人だから。

義父に騙《だま》されてアダルト映像に出演させられそうになったときに、助けてもらった。あの場に伊吹が現れなかったから、今ごろどうなっていたかわからない。それを思えば、伊吹に全てを捧げてもいい。

——だけど、……伊吹は誰かと祝言を挙げる。

芽依はその相手ではない。

自分の思いではなく、何よりも伊吹の幸せを優先して考えたい。だとしたら、早く伊吹の前から消えるのが、芽依からのせめてものはなむけだ。

そんなふうに思うかたわら、伊吹と祝言を挙げるのはどんな女なのだろうと考える。うらやましくて、胸が痛くなる。悔しさと苦しさがない交ぜになった感情に、息ができない。

芽依は高架下の壁沿いに、ずるずると座りこんだ。

これは嫉妬でしかないとわかっていた。

──祝福してあげたいのに。……伊吹には、……幸せになってもらいたいのに。

だけど、悲しい。胸が引き裂かれそうだ。

涙はいつまでも止まらない。

伊吹のことばかり思い出された。

初めて、伊吹と剣道教室で顔を合わせたときのことを覚えている。剣道着がよく似合って、まっすぐに背が伸びていた。この先生に教えてもらうんだと思うと、幼い芽依の胸は弾んだ。

少し照れ屋でぶっきらぼうなところもあるのだが、そんなところも全部含めて、芽依は大好きだ。

──バレンタインのときには、チョコレートをあげようかどうか、悩んだこともあったな。

そんなことを、懐かしく思い出す。結局、師匠と弟子の関係だから、そんなものはふさわしくないと判断して、あげられなかった。あげてみても良かったのだろうか。伊吹は受け取ってくれただろうか。

伊吹との記憶は、全てが芽依の宝物だ。

だが、抱かれたことで、好きという感情が大きく変化した。伊吹の手がどんなふうに自分に触れ、快感を与えるのかも知ってしまった。

——だからもう、……抑えきれないよ、……伊吹。

涙腺が壊れてしまったかのように涙が止まらなくなって、芽依はへたりこんだまま、両手で顔を抱えた。

——だけど、ダメ。……忘れられない。

いつまでも苦しい。

鼻が詰まって、呼吸もできない。

次から次へと、伊吹のことを思い出した。

豪華客船に乗ったとき、初めて伊吹と踊ったときのこと。ベッドに押しつけられての初めてのキス——。

大人になってから再会したことで、伊吹がどれだけ素敵なのかも再認識した。ちょっとした視線の動きや、どこか眩《まぶ》しそうに芽依を見ることや、手を握ったときのぬくもりを知ってしまった。

もはや、伊吹なしではいられない。失恋は確実だというのに。

心を慰めるためにも、また横浜に行きたくなった。

この思いを振り切るためにも、これから横浜に行って、夜の海をボーッと眺めていたい。

もうあの豪華客船はないかもしれないが、それでも海を見たかった。今夜は横浜に宿を取ればいい。

そうすることで、少しずつ失恋の痛みを乗り越えられる気がした。


それと同じ時刻――。

伊吹はひどく浮かれていた。

ついに芽依との一線を越えた日の翌朝、全身が震えおののきそうな感動とともに、決意したからだ。

――芽依が望もうと望むまいと、俺はあいつと祝言を挙げる！

それもあって、仕事のことについて聞いた。極道と祝言を挙げたら、今までの仕事は続けられなくなるかもしれない。だからこそ、そうなっても大丈夫なのか、確認しておきたかったのだ。

何より、芽依の初めてを奪ってしまった責任は重大だった。

最初は抱くつもりはなく、朝まで心臓の発作が起きないように見守るだけのつもりだった。自制心には自信がある。どれだけ芽依がベッドでもだえていようが、ひたすら般若心経を唱えてやり過ごすつもりだった。あんな状態の芽依に手を出したら、男がすたる。

だが、芽依にねだられてしまった。

真っ赤に発情した顔をして、苦しそうに伊吹を見た。その唇から、甘い吐息が漏れた。

それでも、死ぬ気で自制心を働かせようとした。据え膳であっても、手を出してはならない。

『……たすけ……て』

なのに、芽依はその真っ赤な顔を腕で隠し、さらに濡れた声でねだった。

『からだ、……変、……なの』

あの瞬間、伊吹の頭の中で、何かがぶちっという音を立てて灼《や》き切れた。

そんな芽依に触れてしまったら、正気など保てるはずがない。

気がつけば、芽依の身体に溺れていた。最高の抱き心地で、しがみついてくる腕の強さがまだ意識に残っている。

——上手に抱けただろうか。……痛みはなかっただろうか。快感は。

何かに取り憑《つ》かれたようになっていたから、どれだけ芽依に優しくしてやれたか、覚えていない。

避妊具の準備もしていなかった。それだけ自分の自制心を信じていた。だが、あそこまでがむしゃらな欲望に流されるとは思っていなかった。

避妊具なしでしてしまったことでもあるし、ここは責任を取るしかない。

幼いころから芽依は特別だった。健やかな成長を見守ってやりたいという親のような気持ちがあった。

いつしかその気持ちが恋に変わり、何を代償にしても手に入れたいという強い気持ちが育ちかけていたが、その一線を越えることがなかったのは、芽依がカタギだからだ。

――極道の世界に、引きこむのは良くねえ。

伊吹は極道の生まれであった上に、自分で判断をしてその世界に踏みこんだ。だが、芽依は世界を相手にする剣道選手だった。極道の自分と関係があるということで、芽依の競技生活に影響があってはならない。

だけど、ケガをしたことで引退し、絶対に手を出してはいけないという前提は崩れた。それでも芽依が望まないかぎり、こちらの道に引きこんではならないと思ってはいたのだ。だが、関係を持った瞬間に、もはや祝言を挙げたいとしか考えられなくなった。

――今朝、確認もした。

今の仕事をどうしても続けたいのなら、それなりの配慮はする。だけど、今の仕事よりも、剣道を子供たちに教えたい、という気持ちが強いようだ。その夢なら、かなえられる。

極道と結婚すれば、密接交際者となるリスクは高くなる。だが、単に籍を入れればそうなるのではない。利益が暴力団に渡っているかどうかだ。

――つまり、芽依が剣道教室を始めたとしても、その資金源が七坂組でなければいいし、教室の利益が七坂組に渡らなければいい。

そのあたりについては、伊吹はしたたかに、上手にやるつもりだった。組に法律の顧問もついているし、それなりに世間というものも知った。

かつては、極道の道に進んだらカタギとの全ての関係を断ち切らなければならないと思いこんでいた。だけどその世界の水に馴染み、社会の仕組みを熟知した現在なら、芽依が伊吹との関係で不利益を受けることがないように、上手くやっていけるはずだ。

偽装のためなら、狐の皮を被って、地域の清掃活動を行ってもいい。浮かれて、そんなことまで考えていた。

芽依との朝食を済ませ、祝言を決意したその足で、伊吹がまず向かったのは、母屋にいる両親のところだった。

芽依と祝言を挙げたいと告げると、組長に伊吹の覚悟と、芽依の覚悟について尋ねられた。

そのときにふと、伊吹は気づいた。

――俺、もしかして、あいつにプロポーズしていないのでは？

自分の決意が固かったために、芽依に仕事のことについて聞いて、そこに障害がないと理解した瞬間に思考が停止した。了承を取ったつもりでいた。

あれだけ身体を重ねて、熱い夜を過ごした直後だ。てっきり芽依も伊吹と同じつもりだと思いこんでいた。今さらこの勢いをとどめることもできない。

伊吹は組長の目を見据え、『芽依も承知の上です』と答えた。今夜、プロポーズして了承してもらえばいい。多少順序が違ったところで、問題はないはずだ。

両親ともに、伊吹が芽依のことを特別に思っていたことは、薄々察していたらしい。離れを芽依に貸すと伝えたときにも、快くうなずいてくれたのはそのせいだろう。

組長は、すぐに祝言の支度をするように舎弟に伝えた。

祝言のときには、七坂組が所属する系列のトップや、関係する親分衆などが大勢集まる。祝言はこの本陣で挙げることになるから、畳を総取っ替えし、大掃除に取りかかることとなる。

日程もその場で決まった。

伊吹はプロポーズのための指輪を買いこみ、芽依が帰宅するのを待ちながら、どんな言葉でプロポーズすべきか、ひたすら考えている。

離れの明かりがつくのを、じりじりと待っている。

——そういえば、アパートを探すって言っていなかったか？

何だか妙なタイミングで切り出されたのでスルーしてしまったが、芽依はこれから伊吹と暮らすのだから、アパートは必要ないはずだ。

——それに、見つかるはずもねえ。

見つからないように、不動産業者に圧力をかけてある。

五分ごとに時計を見て待っているのに、なかなか離れの明かりはつかない。残業でもしているのだろうか。

〔九〕

七坂《ななさか》組の本陣の最寄りにあった駅から、芽依《めい》は電車に乗りこんだ。横浜駅前からタクシーを使って、港へと向かう。

すでに日が沈んだ夜の港だ。旅客ターミナルではなく、適当に景色のいいところで停めてもらった。

港沿いの道にはポツポツと街灯が灯《とも》っていた。夜歩きにちょうどいい、港に面した公園が続いているようだ。

今夜泊まるホテルは手配していないが、終電がなくなった時刻からでも、適当なビジネスホテルにチェックインできるだろう。そう思って、ただあてもなく歩いた。

海が船や町の明かりを反射して、ぬらぬらと生き物のような輝きを放つ。

歩いているだけでも、また涙があふれ出した。伊吹《いぶき》が祝言を挙げると思っただけで、涙がにじんでしまう。泣きすぎたから、目の端がヒリヒリとし始めていた。だけど涙は止まらない。

どれくらい歩いたかわからないころ、芽依はふと足を止めた。

タクシーから降りたあたりは、いろいろと商業施設があって賑《にぎ》やかだった。だが、だんだんと巨大な建物がつらなるところにさしかかり、しばらく前から人とすれ違うこともなくなっている。

タクをどこぞの倉庫で見かけたのは、このあたりだっただろうか。もっと先だろうか。

足が向くままに歩いていたから、道を覚えていない。ただ、そこに近づくのはマズい気がした。

——そういえばタク、組の事務所から逃げ出したって。……見つかったのかな？

タクのことがふと気になったのは、先ほどから車が一台、芽依につきまとっていたからだ。

一度芽依を追い越した車が、少し前で停まった。それからUターンをして芽依のほうに引き返し、さらに背後でUターンをして、芽依を追い抜き、その先で停まる。

何だか、嫌な予感がした。だけど、もしかしたら。

——伊吹？

そう思ったのは、黒塗りの、極道が好みそうな車だったからだ。だけど、いつも七坂組に停まっている車とは違う。それでも、伊吹か、その命を受けた七坂組の舎弟が芽依を見つけて、停車したのかと思った。

芽依はどうしようか考えた。舎弟だったらおとなしく帰るか、それとも抵抗してこのあたりのホテルに泊まるか、どちらがいいだろうか。

その答えが出ないうちに車から降り立った男の姿を見て、芽依の表情は固まった。

――タク……！

以前会ったときよりも、どこか荒《すさ》んだ雰囲気があった。無精ひげに顔面が覆われていて、服装もどこかうす汚れている。七坂組から手配を受けたことで、まともなところで寝起きできていないからか。

その手に鉄パイプが握られているのを見て、芽依はゾッとした。

助けを求めて、周囲を見回す。だが、二車線の道路には、少し前から車も人も通らない。かなり人気のないところまで、歩いてきてしまったらしい。

街灯だけは定間隔であったものの、助けは期待できそうもない。

そんなとき、芽依は道の端に同じような鉄パイプが転がっているのを見つけた。タクが物騒な空気を漂わせながら近づいてくるのを見て、対抗するにはこれしかないと判断して拾い上げた。

鉄パイプを両手で握って構える。かなりずしりとした重さはあるが、長さは竹刀とちょうど同じぐらいだ。

すすすっと鉄パイプを引き上げ、伊吹に幼いころから教えこまれた上段の構えを取ると、それを見てタクがあざ笑うような声を発した。

「俺を倉庫で見つけたのは、てめえだってなぁ？　とんだ、とばっちりだ。七坂組に手配かけられちゃ、日本にはいられねえよ。安全なところまで、付き合ってはもらえねえか、お嬢ちゃん」

タクだけではなく、車からガラの悪い男がさらに二人降りてきた。彼らも、手に鉄パイプや警棒を持っている。

一気に三人でかかってこられたら、いくら芽依でもかなわない。一人ずつ倒すためには、まずは距離を取るのが大切だ。タクに構えを向けたまま、少しずつ下がっていく。

タクがずぶの素人ではないことは、鉄パイプの構えからわかった。ヤクザの舎弟だったから、ケンカ慣れしているのだろう。剣道の試合のように定められた手ではなく、思いがけない角度から攻撃があるかもしれないと、芽依は警戒を強める。

両手を大きく振り上げた上段の構えは、胴体ががら空《あ》きだ。だが、攻撃には適している。素早く踏みこみ、いち早く相手から一本取る。まず芽依が狙うのは小手だ。タクの手から鉄パイプを落としてしまえば、攻撃力も防御力も格段に下がる。

三人で芽依を囲み、じわじわとその包囲網を縮めながら、男の一人が言った。

「可愛《かわい》いお嬢ちゃんを、ケガさせてはもったいねえ。このまま外国についてきてもらって、用が済んだら、どこかに売り払おうぜ」

そんな言葉とともに、男が無防備に攻撃圏内に入ってきた。芽依は距離を詰め、男に向けて必殺の一撃を振り下ろす。だが、男は鉄パイプで横に振り払った。鉄パイプと鉄パイプがぶつかる衝撃がじぃんと手に響いた。

取り落としそうになった鉄パイプをつかみ直して、芽依は背後から襲いかかってきたタクの鉄パイプを払った。だが、別の男から警棒を振り下ろされて、それを反射的に避けるために飛びすさった。

「……っ！」

今度はそちらに向き直る。

相手は三人だ。しかも、どの男もケンカ慣れしていて、連係プレイにも慣れている。芽依の背後や死角にじりじりと入りこもうとしてきた。

複数相手は経験がなかった。相手の動きを、それぞれ把握しなければならない。どの角度から襲われてもいいように、重い鉄パイプを握り直して構える。

――落ち着いて、……無心になって。

「……っ！」

左前の男からの攻撃をかわした直後に、別の男に鉄パイプを振り下ろされた。耳元でひゅんと、重みのある物体が風を切る。キモが冷えたが、どうにか避けて、小手を狙った。使っているのが竹刀ならまだしも、重量のある鉄パイプを頭に振り下ろすのはさすがにためらいがあったからだ。

「いてっ……！」

狙い通りに男の手を打ち、鉄パイプが地面に転がった。これだけで終わりではなく、戦闘力を失うまでたたきのめさなければならない。だが、そのときには別の攻撃を受け流さなければならなかった。その間に、先ほどの男が鉄パイプを拾う。打たれた手が痛いらしくて、今度は片手だ。

——次は、横から来そうね……！

男が鉄パイプで狙う範囲を予想しながら、芽依は弱った男を他の男から引き離すために動き、鉄パイプを構えた。男の身体の中心にピタリと鉄パイプの先を向けて、打ちこめるところまで間合いを詰めていく。もはや何も考えず、攻撃を繰りこんでいくのみだ。

相手が動揺を見せたところで下からいきなり鉄パイプを突き上げ、相手の鉄パイプを跳ね上げた。

かぁんという音とともに、鉄パイプが宙に飛ぶ。その行方に男が意識を奪われた隙に、芽依の鉄パイプは男の顔面をとらえていた。

がつ、と鈍《にぶ》い音が鳴る。

殺さないように、当てた瞬間に威力は軽減させておいた。

だけど、それだけでも男の意識を失わせるには十分だったようだ。男はうめいて、地面に崩れ落ちた。それを気配だけで察知しながら、芽依の身体の正面はすでに別の男に向き直っていた。

「……てめえ」

芽依がそこまでできるとは、タク以外の男は知らなかったらしい。その男は、ひどく殺気立って見えた。相手が感情的になるのは、芽依にとっては有利な状況だ。だから、あえて煽《あお》ってみせた。

「ずいぶんと弱っちいのね。あんたたち、極道でしょ？　女にやられるなんて」

「何だと！」

「落ち着け。こいつは、剣道の選手だ。全国トップの」

それは、過去のことだ。

一瞬、訂正しようと思ったことで隙が生まれたのか、タクが芽依の足元めがけて、鉄パイプを投げつけてきた。

剣道において、飛び道具は御法度《ごはっと》だ。だから一瞬、防御が遅れた。タクが投げた鉄パイプが芽依の足首に当たり、骨まで痛みが響く。

「……っ」

しかも、そこはたまたま芽依の古傷をとらえていた。複雑骨折して、ボルトが入っているところだ。そこを直撃されたから、軽く足を動かしただけで、ずきっと痛みが脳天まで突き抜ける。

その痛みに一瞬意識を奪われた瞬間、タクが打ちかかってきた。

「……くっ」

鉄パイプと鉄パイプがぶつかり合う振動に、じぃんと指が痺《しび》れる。打ち合うたびに振動が響くから、取り落とさないでいるだけでやっとだ。

しかも、強い打撃をカバーしようとこちらからも打ちかかっていくと、ますます衝撃が強くなる。

ついに、鉄パイプを取り落とさずにはいられなかった。そのときにもう一人の男が打ちかかってきたので、反射的に避ける。男の体勢が崩れたのを見て、芽依は胴を蹴り飛ばした。

剣道においては足技は使ったことがなかったが、自然に出た動きだった。男が横倒しに倒れた。

「つぐ……！」

その隙に芽依は鉄パイプを拾い上げ、立ち上がったばかりの隙だらけの男の胴体に、鋭い突きを入れた。

——もらった……！

男は昏倒して地面に倒れこみ、動かなくなる。

残るのは、タクだけだ。

芽依はタクに向けて、鉄パイプを向けた。得意な上段の構えだ。こんなふうに仲間の二人まで小娘に倒されるとは思っていなかったらしく、タクは動揺を露《あら》わにして、獰猛《どうもう》さを増していく。

「てめえっ！」

鉄パイプを振りかざし、タクは威嚇するように怒鳴った。めちゃくちゃな構えではあるものの、隙がない。さすがは、実戦慣れしたヤクザだ。

タクの動きに合わせて、芽依は少しずつ正面をずらしていく。だが、先ほどの痛みが響き、足を引きずるような動きになっていた。

それを見抜いてか、タクが嘲《あざけ》るように口を歪《ゆが》めた。

タクはやたらと芽依を歩かせようと、どんどん右に回りこむ。それに対峙《たいじ》するためには、いちいち足の位置を変えなければならない。

ますます足の痛みは強くなった。

「無理すんな」

その言葉とともに、タクが激しく打ちかかってくる。

その鉄パイプを左にいなして払いあげると、タクが無防備になった顔をかばうようなそぶりを見せた。それは罠《わな》だと思ってつられることなく、がら空きになった胴体に打ちこもうとする。

だが、必殺を狙って強く踏みこんだ瞬間、ずきっと痛みが足首からつき抜けた。痛みのあまり動きが止まり、逆に芽依のほうに隙が生まれる。ケンカ慣れしていたタクは、それを見逃さない。

鉄パイプを力任せに横に払われ、芽依の手から鉄パイプが遠くまで弾き飛ばされた。そんな芽依に向けて、タクが鉄パイプを振りかざす。腕でかばったところで、それが鉄パイプだったら意味がない。それでもかばわずにいられなかった。

「……っ！」

だが、打撃が来るのを予期した瞬間、がつっと鉄パイプと金属が合わさる音が顔のすぐ間近で響いた。

寸前で、誰かが割りこんできたのだ。

その誰かは背に芽依をかばいながらも、片手で握った警棒でタクを押し返すと、素早い動きで圧倒し、追い詰めたところで足で蹴り飛ばした。

その後ろ姿や動きだけでも、芽依にはそれが誰だかわかる。

――伊吹……！

見慣れた広い背中に、驚くほどしなやかな、無駄のない動き。腕を振り上げる仕草や、ひねった肩の角度などから、芽依には顔を見ずともそれが誰かわかる。

タクが地面に仰向《あおむ》けに転がると、伊吹はその喉に足をかけた。こんなふうに地面に縫いつけられたら、相手はもう動けない。

あまりの圧倒的な強さに、芽依は目を見張った。

だが、伊吹は興奮が治まらないらしく、倒れたタクに向けて警棒を振りかざした。それが頭部に容赦なく打ち落とされたら、タクはかなりのケガを負うだろう。下手をしたら、死ぬかもしれない。

慌《あわ》てて芽依は叫んだ。

「やめて……！　死んじゃう！」

その声に、伊吹はピタリと動きを止め、ゆっくりと振り返った。

無表情だったその顔に、だんだんと表情が戻ってくる。そんな伊吹を、別の車から降りた舎弟がわらわらと取り囲んだ。彼らにタクを引き渡してから、伊吹が芽依のほうに歩いてきた。

「大丈夫か？　ケガは」

横浜のこんなところで、伊吹と会うとは思っていなくて、芽依はその姿を呆然《ぼうぜん》と瞳に映した。

「大丈夫！　何もないけど」

足首がズキズキと痛んでいたが、それを忘れるほど驚きでいっぱいだった。

地面に転がっていた男たちも、舎弟たちによって車に引きずりこまれている。

芽依は戦いに集中していて気づかなかったが、すぐそばの路上に七坂組の車が何台も停まっていた。

総出で自分を探してくれていたようにも思える状況がすぐには理解できなくて、芽依は自分の前に立った伊吹をまじまじと眺めた。ここにいるのは、血肉を備えた人間のようだ。

「どうして、……ここに？」

「ずっと帰りを待ってたんだが、なかなか離れに戻らねえからな。舎弟に聞いたら、芽依を駅前で降ろしたって言うだろ。そこまで行ってみたんだが、見つからなかったから、奥の手を」

「奥の手？」

「何かあったときに備えて、靴の中にＧＰＳを取りつけてある」

「……っ」

無断でそんなことをされていたことは知らなくて、芽依はギョッとした。

批難してもよかったが、芽依はアダルト映像関係で危険にさらされている。そんなときには、いち早く行方を探す意味もあったのかもしれない。今回はおかげで助かったのだから、不問にしておく。

「そう……なんだ？」

「タクはうちの事務所から逃げて、ずっと行方不明だった。おそらくこのあたりに潜《ひそ》んでいるだろうと目星もついてた。タクが外国に渡るために船を手配したのもわかっていたから、そこに舎弟たちが張りこんでいた。タクは今夜、船を出す予定だった。まさか、その途中で芽依とかち合うとは思ってなかったみたいだが」

「人質にして、海外に連れていく、って言ってたわ。役に立たなくなったら、売り払うって」

伊吹が助けに来てくれなかったら、本当にそうなっていたのかもしれない。今さらながらに危機感がこみ上げてきて、背筋がぞくぞくしてくる。

伊吹は近くに停められている車に顎《あご》をしゃくったが、芽依が足を引きずっているのを思い出したのか、言い捨てた。

「ちょっと、ここで待ってろ」

舎弟に合図をして、車のほうをそばに寄せてくれる。

芽依がどうにか後部座席に乗りこむと、伊吹が舎弟に言って、まず向かったのはコンビニだった。

「待っててください」

舎弟が一人だけ車から降り、氷の詰まったパックと飲物を買ってすぐに戻ってきた。

渡された氷のパックを、芽依は足首に当てる。ひんやりして気持ちが良かった。続けて飲物も渡され、芽依はカラカラになっていた喉を潤す。

「これから、病院に寄るから」

そんな伊吹の言葉に、芽依は氷の位置を変えながら尋ねた。

「こんな時間に？」

「ああ。夜間に診てくれる医者がいる」

懇意にしているクリニックがあるようで、車は本陣に向かう途中で新宿の雑居ビルの前で停まり、芽依はそこで手当てを受けた。

骨に問題はなく、冷やせば大丈夫なようだ。湿布を貼ってもらい、伊吹の肩を借りて一緒にまた車に乗りこんだ。

だんだんと、興奮していた頭が冷静になってくる。

自分のことでまた厄介《やっかい》をかけてしまったことを自覚して、芽依は本陣に向かう車の中で、深々と伊吹に向けて頭を下げた。

「今日はごめんなさい。祝言の準備で忙しいのに、時間を奪ってしまって」

「いや」

伊吹は居心地悪そうに身じろいだ。

「本陣に戻ったら、話がある」

――話？

車の中では、話せないことなのだろうか。不思議に思って顔を見ると、伊吹が落ち着きなく窓のほうに顔を向ける。

もしかしたら、舎弟に聞かれたくない話なのだろうか。

そんなふうに考えたことで、芽依も落ち着かなくなった。どんな話なのか、まるでわからない。

おかげで本陣につくまで、車の中は沈黙ばかりだった。

到着すると、伊吹は芽依に肩を貸してくれて、離れまで渡り廊下を移動した。大掃除がすみずみまで及んだのか、渡り廊下もいつもより綺麗《きれい》に拭《ふ》き清められているような気がする。

遅い時刻だったが、伊吹の話というのが気になって眠気などまるで感じなかった。

伊吹は芽依をダイニングテーブルの椅子に座らせると、その向かいの椅子に自分も座る。少し前屈《かが》みで、いつになく空気が重い。

伊吹が何かを切り出そうとしているのはわかるのだが、その口はなかなか動かない。これでは良い話なのか、悪い話なのか、わからない。

さすがに、それには芽依も焦《じ》れてきた。

「話って、……何?」

もうフラれる覚悟もできた。言葉を飾ることなく、ぶつけてもらってもかまわない。

芽依の言葉に伊吹はごくりと息を呑《の》み、何かを決意したように自分の膝のあたりをぎゅっと握りしめた。

「前に、どうして俺が、おまえから去ったのかって聞かれただろ」

「え？」

思いがけない導入部に、芽依は目を見張った。確かに、そんなことがあった。だけど、どうしてそこから話が始まるのかわからない。

「おまえから離れたのには、いろいろ理由があった。……一番問題だったのは、芽依に関することだと、自分でもどうにもならないぐらいに、たがが外れることだ。おまえに乱暴しようとした不良どもを、この手で八つ裂きにしてやりたかった。タクも思いきりぶん殴りそうになって、おまえに止められた。どうしてか、おまえに関してだけは、自制心が働かない。……そんな自分を、いつか止められない日が来るんじゃないかと、自分に怯《おび》えてた」

「怯え……て」

この怖いもの知らずの伊吹に、そんな葛藤があったとは思わなかった。

それでも伊吹が珍しく、気持ちを打ち明けてくれているのが嬉しい。もっと、伊吹の気持ちを知りたい。

──私のことだとたがが外れるって、……どうして？

何だか、胸が騒ぐ。何も言えなくなっていると、伊吹が続けた。

「気持ち悪いと思うだろうが、……不良どもに乱暴されそうだった芽依を助けたとき、……俺は自分自身が怖くなった。このまま、……おまえがどんどん綺麗になっていったら、俺もあいつらと同じような、ろくでもない邪心を抱くかもしれない。……他にもいろいろあるが、一番の理由はそれだ」

伊吹の口から吐かれた言葉に、芽依は絶句した。

そんなこと、考えもしなかった。

伊吹が自分の前から消えたのは、極道になることを決意し、カタギとそうではない者との区別をつけるためだと思っていた。だけど、それよりもこれが本当の理由だというのだ。

ぞくっと身体が震《ふる》えた。怖かったからではない。そんなころから、伊吹が自分に執着していたとわかって、心まで震えた。

だけど、今、伊吹が執着しているのは自分ではないはずだ。

「誰かと、祝言を挙げるのよね。青畳とか、お布団が運びこまれてた」

「ああ。だから、おまえがいないと話にならない」

「は?」

話がつながらない。

何でそんなことを言われるのか、理解できない。頭が真っ白だ。

「私は邪魔でしょ？　だからその前に、アパートを借りて、離れからいなくなろうとしてたんだけど」

そこまで口にしたときに、ハッとした。

自分がいないと話にならない、というのは、もしかして、そういう意味なのだろうか。

伊吹がぐっと拳を握り、思いきったように顔を上げた。

「探すのは、アパートじゃなくて新居だろ。俺と暮らすための住まいが、他に必要か？」

「え……」

絶句しながら、芽依は伊吹のほうを見た。

昔から照れ屋で、ぶっきらぼうなところがあって、だけど、芽依のことを心から考えてくれていた。

その伊吹が、照れたように頬を紅潮させて、ぎこちなく視線を背ける。

「だから、祝言を挙げるのは、おまえとだ、芽依。他に誰がいる。俺が芽依以外と祝言を挙げるなんて、あり得ない」

耳にした途端、大きく鼓動が鳴り響いた。

本当だろうか。

昔から大好きだった伊吹と、自分は結婚できるというのか。

極道とカタギの間にある壁は、芽依はもう気にならない。だけど、伊吹もその壁を乗り越えて、自分を必要としてくれるのか。

そう思った途端、きゅうっと胸が苦しくなった。早く答えを言いたいのに、喉が締まって声が出せない。ぼろぼろと大粒の涙があふれた。

「つう……う、う……っ」

いきなりの涙は止まらない。早く伊吹に返事をしようとしているのに、嗚咽《おえつ》が喉に詰まった。

伊吹は立ち上がり、ダイニングテーブルを回りこんで、芽依を正面から抱きこんできた。耳元で言ってくる。

「結婚してくれ」

その言葉とともに、準備してあったらしい指輪のケースを取り出し、その蓋《ふた》を開けて差し出されると同時に、ぎゅうと抱きしめられた。

胸がいっぱいで、芽依はなかなか返事ができない。指輪まで出されてプロポーズされるとは、思っていなかった。

すると、一呼吸おいて、伊吹が言ってきた。

「どうしても嫌なら、無理は言わねえ。何よりも、芽依の幸せが一番だ。他に誰か、好きな男がいるなら」

聞いた途端に、芽依は叫んだ。

「いないいない、いるはずない！　伊吹だけ！」

これ以上、誤解を重ねるのは良くない。伊吹のことが大好きで、芽依も彼と結婚したいのだと伝わってほしい。

伊吹はかつて、芽依のために身を引いた。だけど、事情が変わった今なら、二人の間に障害はないはずだ。そう思って、芽依のほうからぎゅうっと抱きついた。

伊吹がいなくなったときから胸に生まれた空白は、伊吹でないと埋められない。伊吹のことが好きだ、昔から。今でも、ずっと愛している。

もっといろいろ伝えたいのに、涙がいつまでも止まらないから、なかなか返事ができなかった。鼻まで出てくる。

そんな芽依を、伊吹はずっと抱きしめてくれた。その抱擁《ほうよう》に溺れる。

伊吹と一緒にいたい。たとえ、伊吹と同じ極道の道に踏みこむことになったとしても。

「……祝言、挙げたい」

抱きしめられながら、ようやくその耳元で芽依は告げた。

伊吹のことが、本当に好きだ。

大好きすぎて、息が詰まる。他には何もいらない。伊吹だけいればいい。

「そうか」

伊吹は心から嬉しそうにそう言って、芽依を宝物のように、大切そうに抱き直した。

伊吹と一緒になるためなら、何を捨ててもかまわない。

それから、芽依の指に嬉しそうに指輪をはめてくれた。

キラキラ輝くそれを、芽依はじっと眺める。これで、伊吹と確かな約束ができた気がした。

それだけの強い気持ちが、芽依にはあった。

〔十〕

本陣の祝言の支度は、伊吹《いぶき》と誰か知らない人とではなくて、伊吹が芽依《めい》と結婚したいと組長に許可を取ったことによって始められていたらしい。

それを知って驚いた芽依は、翌日、伊吹の両親に正式に挨拶《あいさつ》をすることになった。

足首のケガで、正座はできない。その非礼を詫《わ》びた芽依に、二人は優しい表情を浮かべた。

今、極道は、ひどく暮らしにくくなっている。

その覚悟はできているかと組長に聞かれて、芽依はうなずいた。

『どんなことがあろうとも、伊吹さんさえいれば――』

『芽依が望むことは、何でもさせるつもりです』

その横で、伊吹がハッキリと言い切る。極道の妻になることで、この先の人生がひどく狭められることも覚悟していたのだが、そんなふうに言われることは思わなかった。

伊吹は臆することなく、組長に目を向けていた。

そんな伊吹の姿は、組長には頼りがいのあるものに思えたらしい。楽しげに笑った。

『ああ。おまえなら、何とでもなるだろうな』

『は』

伊吹はそう言って、頭を下げる。いくら親子であっても、歴然とした上下関係があるのだろう。

芽依との結婚は承認され、祝言の日があらためて伝えられた。一ヶ月後の吉日だ。すでに各地の親分衆に向けて招待状が準備され、この本陣内で盛大な式が行われるらしい。

この母屋の大広間が、各地の親分衆で埋めつくされる。

そんな式にカタギは招待できないだろうが、芽依は母親だけ出席するかどうか、返事を求められた。

一旦保留して、芽依は次の日曜日に母親のいる病院に面会に出かける。

そこで、義父がしたことについて洗いざらい話した。

芽依をアダルト映像に出演させようとしていたチンピラたちは、伊吹が出てきたことで手を引き、代わりに義父をさらってどこかで強制労働をさせているそうだ。芽依は伊吹に聞くまで、そのようなことを知らなかった。

「そう。……お義父《とう》さんが、そんなことを」

母親は話の途中から、目に涙を浮かべていた。

芽依はその母親を見つめ、義父とは縁を切りたいと告げた。さらに、同行してもらった伊吹を紹介し、結婚する相手だと伝える。極道である伊吹と結婚することで母親にも迷惑をかけてはいけないから、縁を切っておきたいと告げる。

母親はハンカチで涙を拭《ぬぐ》いながら、うなずいた。

「そうね。――再婚したのは、お金がなくて、芽依ちゃんにお金のことで、つらい思いをさせたくなかったからよ。お母さんの入院費は、保険があったからどうにかなっているの。お義父さんはあなたが剣道で強いことを知ってて、いくらでも援助は惜しまないと言ってくれたわ。……だけど、あなたは自分で奨学金をもらっていたし、お義父さんが、あなたにそんなことをするとは、……思わなかった」

義父は母親にだけは優しかった。おそらく、本気で惚《ほ》れていたのだろう。そんな義父からの求婚を母親が受けることにしたのは、自分のためだったと芽依は知る。

私はたぶん、長くない。

ここのところ、さらに骨が目立つようになった手で、母親は芽依の手をぎゅっと握りしめてそう言った。とめどなく涙を流す。

「芽依ちゃんは、幸せになれるわ。相手は、大好きな伊吹先生だものね。私と縁を切る必要はないわ。芽依ちゃんのお嫁さんの姿を、お母さんも見ておきたい」

「周りは全部、極道よ？」

芽依は母親が心配になって、言ってみる。

だけど、それに伊吹が助け船を出してくれた。

「出席するのなら、うちで全部手配する。ここからの送り迎えもするし、祝言の最中に専用の舎弟もつける。何もねえとは思うけど、……酔っ払った親分衆は、たまに羽目を外すからな」

「本気なの？　お母さん。そうしていいの？」

「もちろんよ」

母は嬉しそうに笑った。

「芽依ちゃんのお嫁さん姿を見られて、本当に良かったわ」

もう長くはないのだと、芽依も主治医から聞いていた。できれば最後まで母とは縁を切りたくない。だけど、母のほうから、『お義父さんのことで自分の死後に迷惑をかけたくないから、早急に離婚する』と、せいせいしたように言われた。

義父はまだ行方不明らしい。だが、七坂組《ななさか》に探してもらえばすぐに見つかるそうなので、探してもらうことにした。祝言までに、いろいろさっぱりさせておきたかったからだ。離婚手続きには、伊吹が弁護士をつけてくれるようだ。

そして、祝言までの残りの月日はあっという間にすぎた。

芽依は伊吹と相談して、仕事を辞めることにした。

極道の仕事がどんなものなのかちゃんと知りたかったから、しばらくは組事務所で事務を手伝うことになる。もともと会社で事務仕事をやっていたから、役に立つことができそうだ。その仕事をこなすかたわら、剣道教室のほうからも手伝いに来てほしい、というオファーがあったので、近々挨拶に行く予定だ。

正直、極道の世界に入るというのは、少し怖い。まだわからないところばかりだ。それでも、伊吹と一緒に生涯を過ごしたい、という気持ちは変わらない。伊吹がここを選んだのだから、おそらく自分も馴染むことができるはずだ。

七坂組の本陣で、ついに吉日、祝言が挙げられた。多数の親分衆に見守られて、粛々と式は続いていく。

一同の前に座るのは、今回の祝言の主役である伊吹と芽依だ。

二人とも和装で、芽依は綿帽子をつけ、打ち掛けから掛下、帯、小物にいたるまで、全てを白で統一した衣装だ。この花嫁衣装を見せたとき、一足前に本陣に到着した母がとめどなく涙を流したことを、芽依は思い出しながら式に臨む。

隣に座る伊吹は黒五つ紋付き羽織袴姿で、いつもよりさらに精悍《せいかん》に見えた。

広間の襖《ふすま》は取り外され、可能なかぎり大きな空間が取られている。祝言用の額がいくつも掛けられ、序列に従って親分衆がずらりと居並ぶ。

それらの親分衆にも、芽依は最初に一人一人挨拶をした。伊吹と盃《さかずき》を交わすというのは、さまざまな不条理を呑《の》みこむことだと、伊吹の母親に言われた。だが、伊吹はすぐにそれを否定してくれた。

「不条理なことなど、俺の代では一切許さねえ」

今は両親の時代とは違う。変えていくのだと、伊吹はキッパリと言い切った。

その言葉が、芽依の胸の中にある。

──生き方は、これから考えていく。

不条理を許さない伊吹とともに、自分らしく生きていく。それが可能なのか未知数だったが、横にいる伊吹が限りない勇気を与えてくれる。

伊吹の父親である斎主が祝詞《のりと》を捧げ終わったので、『三献《さんこん》の儀《ぎ》』となった。盃を交わす儀式だ。

大中小の深紅の盃が、しずしずと二人の前に運ばれてきた。

まずは、一番小さな盃で、伊吹、芽依、伊吹へと盃が移動する。唇をつけるだけで、飲むのは一番最後の人が担当するそうだ。

次は中くらいの盃で、芽依、伊吹、芽依の順となる。飲み干すために含んだ酒は、よく冷えていて、芳醇で美味しかった。

最後に大の盃で、伊吹、芽依、伊吹の順で盃が回された。三つの盃で三度ずつだから、これが三三九度となる。

極道にとっては盃の儀式はとても大切だそうだ。だから、それらは省略することなく、丁寧に行われる。

三度の盃を交わした後で、芽依は伊吹を見た。

伊吹も芽依を見ていた。

この儀式を行うことで、伊吹と結ばれたことが強く実感できる。

盃はひんやりとしてなめらかで、彼と初めて交わしたキスのことを思い出した。


儀式はつつがなく続いた。

それから『親族盃《しんぞくはい》の儀《ぎ》』という、親族同士のつながりを固める盃の儀式が皮切りとなって、大宴会へと突入した。

芽依はあちらこちらの親分衆へのあらためての挨拶で、引っ張りだこだった。芽依の母親が退出し、場がかなり乱れてきたころ、芽依も伊吹に連れ出されて、別室へと移動する。

大広間では朝まで大宴会が続くらしい。だが、新郎新婦は適度なところで退席する決まりだそうだ。何故なら、これから初夜が待っている。

別室には衣装係が控えていて。白無垢姿の芽依を着替えさせてくれた。日本髪に結っていた髪が解かれ、芽依は気持ちよく風呂に浸《つ》かる。

風呂あがりに準備されていたのは、パリッと糊《のり》の利いた藍染《あいぞ》めの浴衣だった。帯は簡単なものだったから、一人でも結べる。

髪を乾かし、飲物を出してもらって、別室で待った。まだこの広い母屋の構造は把握しきれていない。すると伊吹がやってきた。祝言のときの羽織袴から彼も着替えていて、おそろいの浴衣姿だ。

「じゃあ、行こうか」

何だかくすぐったいようなものを感じながら、芽依は差し出された伊吹の手を取った。しばらく本陣の廊下を歩き、どこか奥の部屋まで案内された。

そこには、ふかふかで豪華な布団が敷かれている。

それを見て、芽依は少し緊張した。

伊吹との祝言を決めてから、何度かそんな雰囲気になりかけた。だが、芽依は足を痛めていたから、まずはそれを治すことが優先されたようだ。

しかも、治ったころには祝言が迫っていた。だから、初夜までお預けにして、気分を高めることになったのだ。

間が空《あ》いたからこそ、緊張もしかりだ。

——ちゃんとできる？

初めて伊吹と関係を持ってから、今日で二度目だ。前回は、セックスをとても悦《よ》くするクスリが使われていた。だから、それなしでするのはどんな感じなのか、予想ができない。

「緊張してる?」

伊吹がふかふかの布団をめくりながら、尋ねてきた。

「少し」

「俺も」

伊吹が背を向けたままそう言ってくれたことで、芽依はホッとした。同時に、とても愛《いと》おしく思う。

「ここ」

伊吹に指示されて布団に座ると、そっと背後から抱くようにされ、身体をねじると口づけされた。

「ツン……っぁ」

愛情がぎゅうっと詰まった口づけだ。伊吹の気持ちがじわじわと伝わってくる。ずっとこんなキスをされていたというのに、どうして自分は告白されるまで気づかなかったのだろうと、不思議に思うぐらいだ。

だけど、それは伊吹が本心を隠していたのに加えて、芽依も臆病になっていたためだろう。

祝言を挙げた。だから、これからはためらわない。伊吹のことが好きだと、世界に告げていいのだと思うと、心が弾む。

——誰にも、言うつもりはないけれど。

「……っん、……ん、ん……っ」

芽依の唇や頬やまぶたに口づけを降らせながら、伊吹がそっとその身体を仰向《あおむ》けに布団に組み敷いた。

帯を解かれ、楽しげに抜かれてしまう。そっと浴衣の合わせ目を開かれると、上半身は何も隠すことができない。

戸惑《とまど》いながら視線を向けると、伊吹が膨らみをすくいあげてきた。

乳首を真ん中のほうに寄せられて、そこを丹念に舌でねぶられる。触れられるたびに、どんどん乳首が硬く張りつめていくのがわかる。ただそっと舐《な》められるだけなのに、ぞくぞくと感じてならない。

「……ッン」

反対側の胸にも手を伸ばされ、尖《とが》りを指でなぞられる。過敏になっているから、ただ指で触れられただけでもすごく感じた。両方の乳首から広がっていく快感に、早くも頭がぼうっとしてくる。

たっぷりと胸を愛撫《あいぶ》した後で、伊吹は芽依の腰のほうに移動した。

足を開かされ、両方の膝を立たせられる。その中心がすでに疼《うず》いて、濡れているのが自分でもわかった。

そこにまた顔を近づけられていく気配に、芽依はすくみあがった。

——ダメ……っ。

またそこを舐められたりしたら、自分がどれだけ感じてしまうのか、予想できない。なのに、伊吹の行為は拒めない。

まずは指先で、その花弁を開かれた。あらぬところに外気が忍びこむ気配に、きゅっと力がこもる。見られているのが恥ずかしくて、芽依の視線が室内を泳いだ。

周囲を照らすのは、布団の脇に置かれているぼんぼりのような明かり一つだけだ。

しかも、そこは立てた膝の影になっているから、光は届かないはずだ。それでも少し心配になって、芽依は声を漏らした。

「明かり、……消して」

「恥ずかしい？」

「……うん」

「全部消すと見えなくなるから、……これくらいで」

伊吹が明かりを一段階暗いものに変える。

それでもまだ芽依には明るく感じられたが、戻った途端に伊吹は芽依の足の間に顔を埋め、舌をぐいと狭間にねじこんできた。

「んっぁ、……っあ！」

柔《やわ》らかで熱く、ぐねぐねとした独特の感触のものが、体内に入りこもうとしてくる。それを押し出そうとして、どうしても身体に力がこもった。

舌はぬるりと押し出されたが、そのときに強烈な甘さを残していく。まだ舌が中にあるような感覚が消えない中で、また同じもので狭間を押し開かれた。花弁をすみずみまで舐められながら、あふれ出す蜜をすすられる。

力が抜け、油断したところに、また舌を押しこまれた。

「……っん！　……っあ、……んぁ、あ……っ」

力をこめれば、舌はぬるっと抜け落ちる。だけど、そのときの背筋がざわつくような快感を、どう受け流せばいいのかわからない。

おそらくはほんの入り口に過ぎないのだろうが、奥まで感覚がつながっていた。ちゅくちゅくと舐められていると、だんだんと、そこが淫らにひくついてくる。

濡れきった音が遠く聞こえた。どこまでが自分の蜜で、どこまでが伊吹の唾液《だえき》なのかもわからない。

やがて、伊吹の舌が花弁《かべん》の上のほうに移動し、硬く尖りきった突起に触れた。その瞬間、芽依は新たな快感に、大きく震《ふる》えずにはいられなかった。

「っぁあああ……っ！」

ぎゅうっと足で挟みこんで、伊吹の頭をそこから引き剝《は》がそうとしたのに、伊吹は芽依の膝を抱え直し、それを阻止する。

花弁を慎重に指でかき分けられ、剝《む》き出しにされた突起に、伊吹は舌をそっと押し当てた。ただ触れられ、軽く舌先で転がされているだけだというのに、腰が痺《しび》れるような快感がこみあげてくる。

「う！　……ぁあっ！」

自然とまだ身体に力がこもり、くぷりと蜜が押し出された。

伊吹の舌は優しく動き、その敏感すぎる突起を舌先で転がし続ける。緩やかな動きだったが、それだけに感覚がますます研ぎ澄まされ、流し込まれる快感の強さに全身が火照《ほて》ってくる。

「っふ……っ」

感じすぎるのをどうにか抑えたいのに、伊吹の舌は意地悪くそこでうごめき続けた。

だんだんと芽依の身体が刺激に慣れてくると、不意打ちで吸いあげられた。かと思うと、刺激は柔らかなものに変わる。

どの強さでどのように刺激すると、より芽依が反応を示すのか、探られているのがわかった。

——だけど、……も、……何をされても、……感じ、ちゃ……っ。

舐められているうちに太腿が痙攣《けいれん》し出し、もう一度強く吸われた瞬間、きゅうっと身体に強烈な快感が入った。

「っん、ん……っ！」

びくっとのけぞった後で、ゆっくりと力が抜けていく。

こんなにすぐに、イかされてしまうと思っていなかった。だけど、大好きな伊吹に、恥ずかしいところを見られるのみならず、舐められるのだから刺激がすぎる。

芽依の息が少し整うのを待って、伊吹は指を押しこんできた。

「っんぁあ……っあ……っ」

その確かな感触に、芽依はあえぐ。

伊吹の指は硬くて長く、そこにあることをしっかりと知らせてくる。その指が奥まで道をつけたかと思うと、次は二本に増えて戻ってきた。

一本でも存在感のある指が、二本合わせて動き始める。

まだ中を擦られることに慣れていなかったから、どうしてもその大きさに戸惑って力が抜けない。だが、ひどく濡れているから、動きを阻《はば》むことができない。

「っん、あ、……っんぁ、あ……っ」

「ここ、かな」

伊吹が何のことを言っているのかは、中の感じるところに走った快感で理解した。

「ん！　……っあ！」

伊吹の指はそこから外れず、何度も指の腹で感じるところをなぞっていく。ぞわっと毛穴が広がるような快感が広がった。余計に指を締めつけずにはいられない。

しかも伊吹は、空いた指でその花弁の上の突起も転がしてくるのだ。

「ふぁ、……っあ、あ、あ……っ」

強すぎる快感に、じわりと涙があふれた。伊吹がもたらす感覚にもだえる以外に、何もできない。

そんな顔を、伊吹が見ているのがわかる。

さぞかし、みっともない顔をしているんだろうな、と思ったとき、伊吹の顔が近づいてきて、愛しげに口づけられた。

「すごくエロい顔をしてる」

まだ体内の襞の感覚が落ち着いていない。その状態で刺激されると、またすぐに達しそうになる。それをどうにかしたいと力をこめても逆効果で、ぞくぞくと感じすぎて、腰が持ち上がりそうになる。目の前がチカチカした。

「っん、……っあ……っ」

「この前より、濡れてるか？」

ささやかれ、そうかもしれない、と思った。クスリが効いて、意識がぼうっとしていたあのときよりも、今はひどく興奮している。伊吹とエロいことをしているんだ、という感覚が常に頭から離れず、その指が恥ずかしいところに埋まるたびにびくんと震えてしまうほどだ。

伊吹は中の指を抜き差ししながら、空いた親指で突起を転がし続けた。

「んぁああ、……っん、……ダメ……っ」

「ダメじゃない、だろ。好きなくせに」

恥ずかしいことを言われながら、容赦なく突起を転がされるのがたまらない。そこから流しこまれた快感が腰のあたりにわだかまり、腰がガクガクしてきた。ずっと身体の感覚が高まったままだ。

「っんぁ、……あ……っ！」

ついに悲鳴のような声が漏れた。ここでどうにか踏みとどまりたかったのだが、伊吹の指の動きのほうが上手だった。

腰を跳ね上がらせ、中にある伊吹の指をきつく締めつけながら、どうしようもない快感の中で芽依は達する。

「っはぁ、あ……は、は……っ」

二度も、あっけなくイカされるとは思っていなかった。しかも、初夜の床で。

ぼうっとして、なかなか我に返れずにいると、伊吹の指が抜けていく。

芽依は涙目で伊吹を見上げた。

こんなにも前戯で感じてしまったら、これからどうなるのか、予想もつかない。

伊吹が浴衣を脱ぎながら、芽依を見た。

不安を和らげてほしくて、そっとその腕に手を伸ばす。それだけで何かが伝わるとは思っていなかったのだが、顔を近づけて表情をうかがわれ、そのまま口づけられた。

伊吹は特別だ。触れられただけで、身体がジンと響く。口づけられると、魂までからめ捕られるほど心が浮き立つ。

——大好き。

舌がからまり、だんだんと口づけが深くなっていく。

ようやく、キスの合間に空気を吸うこともできるようになってきた。そのおかげで、キスは長く続けられる。

伊吹が唇を甘く噛みながら、芽依の正面に位置を移していくのがわかった。膝を抱え直され、濡れきった狭間に、伊吹の熱い先端が触れてくる。

微調整しながら、位置を探っているのがわかった。唇は触れたままだ。

「っふ、……ん、ん、ん……っ！」

正確な位置をとらえるなり、一気に伊吹のものが突き立てられた。

痛くはなかったが、強烈すぎる甘ったるい衝撃に、声が漏れた。それを全部、伊吹の唇に吸い取られる。

初めてではなかったものの、覚えていた以上の圧迫感に、きゅうっと下腹に力がこもりそうになった。

「つぐ、……んっ」

首を振ったために、唇が離れる。

まだ近くに寄せた顔で、伊吹が尋ねてきた。

「大丈夫か？」

気遣うような声音と、その声にこめられた色香に震える。圧迫感がすごかったが、それよりも芽依の身体は、それがもたらす快感を予想して甘く疼き出していた。

「だい、……じょうぶ」

最初のときも、伊吹には優しくしてもらった。快感ばかりを、苦しいほど味わわされた。

今回も、きっとそうだ。

最初こそギチギチに入れられている感覚はあったが、呼吸をするのに合わせて芽依の身体からは少しずつ力が抜けていく。襞が伊吹の熱に灼《や》かれて、甘くうごめき始めた。

ついにはぎゅう、と締めつけた。その反応から、芽依の身体の準備が整ったことを察したのだろう。

伊吹が膝を抱えて、ゆっくりと動き始めた。

「つん、……つん、……ん……っ」

大きなものを体内に押しこまれ、引き抜かれるたびにじわりとそこから快感が広がる。

その体感にとらわれながら、ぼうっと伊吹の顔を見上げているうちに、だんだんと突き上げが速くなっていくのがわかった。

動きを止めないまま、伊吹の指が芽依の感じやすい突起に伸びていく。そこを指の腹で、そっとなぞってきた。

「つんぁ、……あぁ……！」

突起からの刺激が、襞まで響く。感じすぎて、反射的に腰が逃げそうになる。だが、ずり上がったその腰を引き戻され、さらに足を大きく抱えあげる格好で固定されて、ますます奥まで突き立てられた。

「ツン、ン、ん……っ」

そこはひどく感じるところだ。

今までよりもずっと身体に響くところを掻《か》き回されて、中にばかり意識が集中していく。

しかも伊吹の指は、先ほどの突起を不意打ちで刺激してくるのだ。

そこを一緒にいじられると、中の感覚が複雑な甘みを増していく。

「つ……ダメ、……よ、……そこ、……ぁ、……つぁ、あ、あ……ツン…つうぁ……」

だが、伊吹は同じところを刺激するのをやめてくれない。芽依が苦痛ではなく、快感を覚えていることを、身体の反応から読み取っているのだろう。

深くまでえぐられるたびに、腹の底まで響く快感に芽依の身体がびくびくと震えた。

「つぁあ、……ぁ、……ダメっ、て、……伊吹……っ」

名を呼ばれるのが楽しくてたまらないとばかりに、伊吹が獰猛《どうもう》に笑った。どこか物騒な笑みでもある。こんな笑みを向けられたことがない気がして、芽依はぞくっと震える。

「もっと感じて、俺の子を孕《はら》んでくれ」

その言葉に、息が詰まった。

祝言を挙げたのだから、伊吹の子を孕むことも、産むことも祝福される。彼の子が欲しいと思ったことで、ますます身体が快感を受け止めるようになる。

深くまで立て続けに突き上げられながら、同時に突起を指の腹で転がされ続けて、芽依はついに絶頂に達した。

「はぁ、……ン！」

一段と大きく身体がのけぞる。ガクガクと腰が揺れた。だけど、中に何もない状態とは違って、強く締まるたびに伊吹の硬いものを意識する。

伊吹はそんな芽依の身体をさらに二、三度突き上げてから、動きを止めた。

「ツン！」

その一瞬に根元から伝わった脈動で、伊吹が中に放ったのがわかる。おそらくは、感覚がないような深い位置だというのに、それがじわじわと熱く広がっていくように感じられるのが不思議だ。

だが、芽依の息が整うよりも前に、伊吹はその身体を抱き起こした。

伊吹の腰にまたがるような格好にさせられる。だが、伊吹は身体を倒すことなく、芽依の腰に腕を回した。

「っひ！　……っぁあ……っ」

自分の体重で、ますます伊吹のものが深くまで入ってくる。へその奥まで、そのたくましいものが存在しているのを鮮明に感じ取る。

「まだ、……付き合って、くれるだろ」

少しかすれた色っぽい声は、情事特有のものだ。その声でねだられると、断れるはずもない。

芽依はうなずいたが、どうしたらいいのかわからない。

「い……けど」

声を発するだけで、中までじわりと響いた。

前回はクスリの効果のせいで、なかなか疼きが治まらないのだと思っていた。だけど、何も使わなくても同じだったのだと、芽依は実感せざるを得ない。

――すごく、……感じるし、……もっとしていたい。

伊吹とするのが、気持ちがいい。

こうして抱き合っていると、伊吹をどんなときよりも近く感じた。

――愛されている、……実感があるの。

言葉などでどうごまかそうが、こんなときには気持ちが剝き出しになる。

伊吹に気持ちよくしてもらうだけではなくて、自分からもしてみたくなった。この体位なら、それが可能だろうか。

「伊吹」

おずおずと、申し入れてみた。

「私も、……動いてみてもいい？」

思いがけない申し入れだったのか、伊吹は一瞬目を見開いてから、頰を緩めた。

それは嬉しくてたまらない表情に見えた。伊吹は驚くほど表情豊かだ。しかも、それを芽依の前で隠さなくなってきている気がする。それとも、隠せなくなっているのだろうか。

「いいぜ。俺に、少しずつ合わせてみろ。無理はしなくていいから」

そんな言葉とともに、伊吹の腕が芽依の腰にしっかりと回された。

下から小刻みに突き上げられ、芽依の腰が上に弾んだ。伊吹の腰の負担を軽減すべく、芽依もその動きに合わせて、腰を上下させてみる。

だけど、腰を下ろすときに合わせて、伊吹のもので一気に突き上げられると、襞を擦って入ってくる強烈な刺激に負けて、次の動きが止まる。

硬直した芽依が面白いのか、伊吹は立て続けに力強く突き上げてきた。

「っんぁ、……っぁ、あ、あ……っぁあぁ……っ」

濡れきった襞は、その突き上げに逆らうすべがない。一突き一突き、体内深くまで受け止めるたびに、快感が波のように押し寄せてくる。

すでにリズムは乱され、次々と生まれる快感から逃れきれない。

しかも、二人の間で揺れる胸が気になるのか、伊吹がそこに手を伸ばし、動きに合わせてその先端を指先で転がしてきた。

「っんぁ、……っあぁ、あ……」

達したばかりで、身体がまだ落ち着いていない。その状態で襞を容赦なくえぐられていると、また次の波が押し寄せてきた。

感じるところに切っ先が当たっている。

さらに何度も同じところに打ちつけられて、ぎゅっと太腿で伊吹の身体を締めつけた。

「ダメ、……またイっちゃ、……から」

まともに動けなくなりながら訴えても、伊吹の激しい動きが止まらない。

伊吹は芽依の顔を見据《みす》えながら、言った。

「何度でも」

そんな言葉とともになおも、突き上げ続けられる。

「っんぁ、……っあ、あ、あ……っ」

もはや腰を動かすこともできないほど、快楽におぼれていた。またイってぐったりしていると、伊吹は芽依の身体をうつ伏せにベッドに組み敷いた。

「すごく、気持ちよくなっている顔が、……可愛《かわい》いんだけど、芽依の背中も堪能したい」

そんなふうに言いながら、腰だけ起こさせて、伊吹が背後から挿入してくる。動きながら下肢の突起を指で探られ、突き上げに合わせてそれを上下になぞられると、ビクンと身体が跳ね上がった。

すでにそこはぬるぬるで、ひどく滑った。それをただ動きに合わせて指の腹でなぞられているだけでも、たまらなく感じてしまう。

「っふ」

すごく締まったのが、伊吹にも伝わったのだろう。

うなじのあたりに口づけながら、そこをさらに指先で探ってくる。ぐり、とまた強烈な快感が身体を貫いて、芽依は震えながら訴えた。

「そこ、……も、……ダメ……っ」

これ以上気持ちいいのが続いたら、どうにかなりそうだ。なのに、伊吹のものはいつまでも硬くたくましく、芽依の柔らかな体内を自在に突き上げてくる。

「また、イっちゃうから？」

からかうような声の後で、伊吹の動きが本格的なものへと変化した。

感じすぎる下肢の突起から、伊吹の手が胸元へと移動する。そこでずっと疼いていた乳首を指の間に挟みこまれ、揺れるたびにてのひらに返ってくる柔らかさを堪能されながら、伊吹の激しい動きを受け止める。

「んぁ、……あ……っ」

気持ちよすぎて全身に力が入らず、うつ伏せのままで膝を少し立てる格好を保つだけで精一杯だった。

突き上げる伊吹に押しつぶされないように、少し下肢に力をこめていなければならない。それもあって、入ってくるもののたくましさを、ひたすら鮮明に感じ取る。

「っぁ、んぁ、あ……っぁあ……っ」

伊吹の硬いものを、深くまで、おかしくなるぐらい呑みこまされた。そこから生み出される快感に口は開きっぱなしで、唾液があふれる。

「ツン、……芽依……っ」

低くささやかれ、さらに打ちこまれる速度が上がった。そろそろ伊吹の終わりも近いのかもしれない。

「……っあ」

激しい突き上げの後で、伊吹のものが中で膨れ上がってドクンと脈打つ。

その熱に、全てが灼かれていくようだった。

幸せ、というのはどんなものなのか、人生で考えてみたことは何度もある。

だけど、伊吹にとっての幸福を具体的な形にしてみれば、今のこの状況だろう。そのことを、伊吹はしみじみと実感した。

同じ布団に、芽依が眠っている。それだけで、やたらと満ち足りる。芽依は目を閉じて、深い眠りに落ちているようだ。

その寝顔は先ほどまでの快感を宿して、色っぽくもあどけない。

――可愛い。……愛しい。

その身体も心も全て自分のものにしてみたくて、そっと腕を回して抱きこんでみる。

すると、無意識なのか、身体をすり寄せてくれるのが、たまらなく嬉しかった。肌がざわつくような幸福感を、じっと動かずに味わう。やはりこれが幸せ、というものの正体ではないだろうか。

ここにたどり着くまで、かなり遠回りしたような気もする。

夢に向かってまっすぐで、一生懸命で諦めない芽依の姿に、伊吹は救われた。

この眩《まぶ》しい光は、自分には手に入らないものだと諦め、一度は身を引く覚悟もした。

だけど、時が経ち、芽依の状況が変わったことで、こうして結ばれることができた。

今になって振り返ってみれば、全てが運命だったふうに思えてくる。芽依が自分の前に現れたことも、師範に子供相手の剣道教室の先生をするように言われたことも、芽依と自分が結ばれるために、あらかじめ仕組まれていたようにさえ思えてしまう。

——だったら、……この先は？

つらつらと、伊吹は考えた。

だけど、この先は運命任せにしたくなかった。

自分の使命は、芽依を幸せにすることだ。だとしたら、全身全霊でそれをかなえることにする。

伊吹が何度かぶつかったことのある極道の世界における不条理で芽依が苦しむことがないように、全ての労力を注ぎたい。

改革もしたかった。芽依が間違っても、離縁を考えないように。

——それに、子供も欲しいな。

芽依や自分の面影を宿す子供の姿を思い浮かべただけで、伊吹はあまりの幸福感にそのまま気絶してしまいそうになった。

きっと、すごく可愛い。

男の子でも、女の子でもいい。可能ならば剣道もやらせてみたい。幼い芽依そっくりの子供の剣道着姿を思い浮かべただけで、伊吹はほっこりする。そして自分の子供のときみたいに、大会に出られないという悲しいことにはならないようにしたい。

――抜け道は、いくらでもある。俺がガキだったときには、考えられなかったような方法が。

自分が極道であることで、妻子に肩身の狭い思いは絶対にさせない。可能ならば、国家権力すら操ってみせる。それができるだけの権力も財力もツテも、伊吹にはあるはずだ。

――だから、一生一緒にいてほしい。

一番問題になるのは、家庭生活だろう。そこでの不満がないように、可能なかぎり頑張るつもりだった。

愛しさに溺れそうだ。

芽依が無限の力を与えてくれる。彼女の微笑みさえあれば、自分は何でもできるはずだ。

あらためて、心の中で愛を誓う。

芽依を幸せにすることが、この世に生まれてきた意味だと思う。

その誓いを胸に、伊吹はそっと、眠る芽依に口づけた。

あとがき

今までティーンズラブ小説ではヒストリカルばかり書いていたので、私にとってはこれが初の現代物ということになります。現代物、大変でしたぁぁぁぁ……っ。

何が難しいって、完全に自由意志に基づく恋愛になるので、政略結婚のような強制力が働かないのに加えて、今回はヤクザという解釈の難しい要素まで加わるのです。

選んだのは自分。いけるんじゃ、と思ってプロットまではすいすい書けたのですが、実際に書いてみるとさりげに難しいよ、現代もの。自由恋愛だと何かと打算とかも現実では働いたりもするけど、その部分とかもいい感じにこなさないといけないし！

ということで四苦八苦しつつも、頑張ってみた現代物。お楽しみいただけているでしょうか。今回のヒロインちゃんはスパッとした性格ではあるのですが、ヒーローが可愛い。ヤクザ屋さんなのに、可愛い。ヒロインちゃん大好きで、ヒロインちゃんいないと生きていけないヒーローは私のテーマで、今回はそれが全面に出てしまいました。

担当さんにも「ヒーロー視点楽しそうですね」って言われましたが、とても楽しかったです。ヒーロー視点は読者の人にとってもご褒美なのと同時に、私にとってもご褒美。ヒーロー視点で書いているときは「好き好きヒロインちゃん好き」としか考えてないので、脳死状態で書いているような気がします。そんなヒーローのカッコいいヤクザ屋さんなところが、何だか足りてない気がしますね？　ヒロインちゃんいないところではとてもかっこいい（はず）なのですが、ヒロインちゃんいないところはお話になっていないから、見せ場が……見せ場が……。

というお話ですが、それに素敵なイラストをつけていただいた御子柴リョウ様。本当にありがとうございました。動きのある素敵で生き生きとしたキャラクターで、特にヒーローが素晴らしくて、「この顔で『ご飯美味しい』とか考えているのか」って思うと、とてもほっこりできます。ありがとうございます！　素敵な外見と、残念な中身と、ギャップがあるのが大好きなので、イラスト素敵であればあるほど燃えたちます……！

そして、何かと励ましてくださった担当さんにも、大感謝を。

何より、読んでくださった方々、ありがとうございました。初の現代ものでヒヤヒヤなのですが、今後とも頑張っていきたいので、ご指導ご鞭撻のほどお願いいたします。

またどこかでお目にかかれましたら。

原稿大募集

ヴァニラ文庫ミエルでは乙女のための官能ロマンス小説を募集しております。
優秀な作品は当社より文庫として刊行いたします。
また、将来性のある方には編集者が担当につき、個別に指導いたします。

◆募集作品

男女の性描写のあるオリジナルロマンス小説（二次創作は不可）。
商業未発表であれば、同人誌・Web 上で発表済みの作品でも応募可能です。

◆応募資格

年齢性別プロアマ問いません。

◆応募要項

・パソコンもしくはワープロ機器を使用した原稿に限ります。
・原稿は A4 判の用紙を横にして、縦書きで 40 字 ×34 行で 110 枚 ~130 枚。
・用紙の 1 枚目に以下の項目を記入してください。
①作品名（ふりがな）/②作家名（ふりがな）/③本名（ふりがな）/
④年齢職業 /⑤連絡先（郵便番号・住所・電話番号）/⑥メールアドレス /
⑦略歴（他紙応募歴等）/⑧サイト URL（なければ省略）
・用紙の 2 枚目に 800 字程度のあらすじを付けてください。
・プリントアウトした作品原稿には必ず通し番号を入れ、右上をクリップなどで綴じてください。

注意事項
・お送りいただいた原稿は返却いたしません。あらかじめご了承ください。
・応募方法は必ず印刷されたものをお送りください。CD-R などのデータのみの応募はお断りいたします。
・採用された方のみ担当者よりご連絡いたします。選考経過・審査結果についてのお問い合わせには応じられませんのでご了承ください。

◆応募先

〒100-0004　東京都千代田区大手町 1-5-1　大手町ファーストスクエアイーストタワー
株式会社ハーパーコリンズ・ジャパン　「ヴァニラ文庫作品募集」係

純な極道で何が悪い！

～この溺愛はウソ?ホント?～

Vanilla《ヴァニラ》文庫 Miel《ミエル》

2023年1月20日　第1刷発行　　定価はカバーに表示してあります

著　作　花菱ななみ　©NANAMI HANABISHI 2023
装　画　御子柴リョウ

発行人　鈴木幸辰
発行所　株式会社ハーパーコリンズ・ジャパン
東京都千代田区大手町1-5-1
電話　03-6269-2883（営業）
0570-008091（読者サービス係）

印刷・製本　中央精版印刷株式会社

Printed in Japan ©K.K.HarperCollins Japan 2023 ISBN978-4-596-75974-0